Un CAPITÁN
de QUINCE AÑOS

NUEVA BIBLIOTECA BILLIKEN

Jules Verne

•

Un CAPITÁN de QUINCE AÑOS

EDITORIAL ATLÁNTIDA
BUENOS AIRES • MÉXICO • SANTIAGO DE CHILE

Edición: Ana Liarás y Verónica Vercelli
Traducción y adaptación: Ángela Simonini de Fuentes
Revisión: Lilian Benmayor
Ilustraciones: Fernando Molinari
Diseño de interior: Claudia Bertucelli

Título original: UN CAPITAINE DE QUINZE ANS
Copyright © Editorial Atlántida, 1973
Copyright de la presente edición © Editorial Atlántida, 1996
Derechos reservados. Tercera edición publicada por
EDITORIAL ATLANTIDA S.A.,
Azopardo 579, Buenos Aires, Argentina.
Hecho el depósito que marca la Ley 11.723
Libro de edición argentina.
Impreso en España. Printed in Spain. Esta edición se terminó
de imprimir en el mes de abril de 1998 en los talleres gráficos
de Rivadeneyra S.A., Madrid, España.

I.S.B.N. 950-08-1598-2

PRIMERA
PARTE

•

capítulo 1

EL BERGANTÍN GOLETA *PILGRIM*

El 2 de febrero de 1873, el bergantín goleta *Pilgrim* se hallaba entre los 43°57 de latitud sur y los 165°19 de longitud oeste del meridiano de Greenwich. La nave, de cuatrocientas toneladas, pertenecía a James W. Weldon, quien la había entregado desde hacía varios años al mando del capitán Hull, para que cazara ballenas en todos los mares del mundo.

La tripulación del *Pilgrim* se componía sólo del capitán, cinco marineros y un grumete. No pensaba el armador que éstos le fueran a bastar para la intrincada tarea que significaba la caza de la ballena, pero consideraba más económico contratar arponeros en alguno de los puertos de Nueva Zelanda que llevarlos desde San Francisco.

La temporada de caza no les había pro-porcionado los beneficios a los que los tenía acostumbrados y, debido a una insubordinación de los contratados, más de doscientos barriles de aceite iban a volver vacíos. No había tiempo para contratar nuevos hombres, ya que todos los marinos con experiencia hallaron lugar en los diferentes balleneros, de modo que el capitán Hull decidió regresar a San Francisco desde el puerto de Auckland, situado en el golfo de Khuraki.

Estaba preparando todo, cuando recibió un pedido de pasaje que no pudo denegar. La señora Weldon, esposa del armador del *Pilgrim*, retenida en Auckland por una enfermedad de su pequeño hijo, solicitó embarcarse con él, junto con su primo Benedicto (el prototipo del sabio pintoresco y distraído) y de Nam, una anciana negra que tenía a su servicio.

Para ella embarcar en el *Pilgrim* significaba un considerable ahorro de tiempo, ya que, en caso contrario, habría tenido que ir primero a Australia para luego pasar a Panamá, donde debía esperar un barco que la llevara a California. El *Pilgrim*, en cambio, sólo se detenía en Valparaíso para entregar algunas mercaderías y remontar luego la costa americana hacia su destino.

Una vez a bordo, el capitán Hull dijo a la señora Weldon:

—Tenga entendido, señora, que si usted viaja en el *Pilgrim*, lo hace bajo su exclusiva responsabilidad. Éste es un buen barco y puede considerarse bastante seguro, pero no está hecho para el transporte de pasajeros.

—Lo sé. De todos modos confío en él. Sé que mi marido también lo haría. No soy exigente en materia de comodidades —contestó la señora, y tomando la mano de su pequeño siguió al capitán, que iba a indicarle dónde dormirían ambos.

·

capítulo 2

EL GRUMETE

Pese a la lentitud, la tranquilidad del mar aseguraba una buena travesía. La señora Weldon había sido instalada a bordo del *Pilgrim* con todas las comodidades posibles, pues el capitán Hull le ofreció su propio camarote y se retiró al que habría correspondido al segundo capitán del navío. Como ya sabemos, se trataba de economizar personal, de modo que el puesto no estaba cubierto.

Los hombres del *Pilgrim,* buenos marineros, formaban una verdadera familia. Era la cuarta vez que viajaban juntos y todos provenían del litoral californiano. Esta vez no les había ido demasiado bien con la caza, y aunque sus ganancias resultarían mínimas al final del viaje, se desvivían por atender a los nuevos pasajeros, tan ligados a su querido armador.

Sólo un hombre a bordo no era americano. Se trataba de un portugués, que conocía bien la lengua inglesa y que, debido a la deserción del antiguo cocinero, había sido contratado en Auckland para ocupar ese puesto. Se llamaba Negoro, y se lo veía siempre solo. Cumplía a satisfacción su oficio, pero causaba extrañeza que un hombre como él, de unos cuarenta años de edad, de buena presencia y cierta cultura, se mostrara siempre tan taciturno.

Nadie sabía nada de su pasado ni él dejaba entrever nada de lo que haría en el futuro. Aseguraba que desembarcaría en Valparaíso y, a pesar de que se declaraba ignorante de todo lo que se refiriera a la navegación, jamás se lo veía molesto por el vaivén de la nave.

El grumete, un muchacho de quince años, era hijo de padres desconocidos. Abandonado a la caridad pública, le pusieron Dick de nombre porque su primer protector se llamaba Ricardo. El apellido Sand le fue dado porque había sido encontrado, de apenas tres días, en el cabo de Sandy-Hook, que forma la entrada al puerto de Nueva York en la desembocadura del río Hudson.

De mediana estatura y piel morena, dejaba escapar un halo de inteligencia y energía a través de sus ojos ardientes.

A los quince años era ya un hombrecito capaz de ganarse la vida navegando. A los ocho se había embarcado por primera vez, y al poco tiempo se convirtió en grumete de un barco mercante. Allí fue donde conoció al capitán Hull, quien luego lo puso en contacto con el armador James W. Weldon.

El señor Weldon se encariñó con el niño y comenzó a preocuparse por su educación. Cuando descubrió en Dick una auténtica vocación marinera, puso a su alcance los medios para que recibiera todos los conocimientos teóricos y prácticos indispensables.

Ahora navegaba como grumete en el barco de su protector y se desvivía como ninguno por atender a la señora Weldon y al pequeño Jack, asegurándoles en todas las ocasiones que podía que estaba dispuesto a dar la vida por ellos.

La señora Weldon lo consideraba un hijo más y le entregaba confiada al suyo propio. Dick, en sus momentos de ocio, entretenía al niño enseñándole algunos secretos de marinería, tales como tirar de los obenques, subirse a la cofa del mástil de trinquete, o bien a las barras de los masteleros de juanete para deslizarse desde allí como una flecha por los obenques.

Todos estos ejercicios redundaban en favor de su salud, que había estado bastante quebrantada antes de embarcar.

La travesía se desarrollaba en medio de la mayor tranquilidad y, de no ser porque el clima era poco favorable, ni los pasajeros ni la tripulación habrían encontrado motivo alguno de queja.

El capitán se preocupaba por la constancia con que soplaban los vientos del este y temía que luego las calmas del trópico de Capricornio lo obligaran a retrasarse aún más. Varias veces estuvo a punto de aconsejar a su pasajera que siguiera viaje a bordo de otro barco, pero eran muy pocos los que navegaban por aquellas latitudes.

Un día en que Dick y Jack estaban entretenidos en cubierta gozando del paisaje marino, el niño preguntó, señalando un punto oscuro en el mar:

—¿Qué es eso, Dick?

El muchacho miró atentamente en la dirección indicada y gritó de inmediato con voz potente:

—¡Un hallazgo! ¡Vengan!

•

capítulo 3

LOS RESTOS DEL NAUFRAGIO

Al oír el grito de Dick, todo el mundo subió a cubierta. Sólo Negoro permaneció en la cocina, indiferente como siempre.

Todos contemplaban el objeto flotante sobre las olas, a unas tres millas del *Pilgrim*. Cada uno daba su opinión y hasta el primo Benedicto ofreció la suya. Según él, bien podía tratarse de algún animal marino de gran tamaño, aunque el capitán Hull afirmó que se trataba del casco de un barco.

—¿Qué crees tú que pueda ser, Dick? —preguntó la señora Weldon.

—El casco de un barco inclinado, como ha dicho el capitán, señora... Y hasta creo ver la cadena de cobre.

—Así es —corroboró el capitán Hull—. Vamos hacia él; pero cuidado, Bolton, gobierna bien, no vayamos a chocar.

Un cuarto de hora después, el objeto se hallaba a media milla del *Pilgrim*. Se trataba, en efecto, de un barco inclinado y sobre estribor mostraba una gran abertura.

—¡Este barco ha sido abordado! —exclamó Dick.

—Es posible, y parece un milagro que no se haya hundido —agregó el capitán.

—Si hubo un abordaje —observó la señora Weldon—, es probable que los tripulantes hayan sido recogidos por el barco que los abordó.

—Puede ser, señora —prosiguió el capitán—, aunque también es posible que la gente se haya puesto a salvo en los botes y el barco haya escapado sin ellos... Desgraciadamente, a veces sucede así.

—Sin embargo —insistió la señora—, quizás haya alguien adentro todavía.

—No creo. Nos habrían visto y habrían hecho señas. De todos modos, vamos a cerciorarnos.

En aquel momento Dick exclamó:

—¡Silencio! ¡Escuchen! ¡Escuchen! Oigo como el ladrido de un perro que viene del interior.

—Aunque sólo haya ahí un perro, lo salvaremos, señor Hull —afirmó la señora Weldon.

—¡Sí! ¡Sí! Lo salvaremos —exclamó el pequeño Jack—. ¡Yo le daré de comer, y él me querrá mucho y seremos amigos!

En aquel momento los ladridos se dejaron oír mejor y un perro de gran tamaño apareció a estribor ladrando con más desesperación que antes.

De inmediato se deslizó un bote desde el *Pilgrim* y en él descendieron el capitán, Dick Sand y dos marineros. Ya se acercaban al barco cuando los ladridos del perro, que invitaban a los salvadores, se convirtieron en aullidos furiosos. Una ira extraña y terrible excitaba al animal.

—¿Qué le pasará a ese perro? —se preguntó el capitán mientras seguía acercándose y buscando por dónde subir al barco.

Pero lo que nadie observó fue que el furor del perro estalló justo en el momento en que Negoro, saliendo de la cocina, se dirigía hacia proa.

¿Conocía o reconocía el perro al portugués? Era inverosímil. Con todo, el entrecejo de Negoro se contrajo por un momento.

Entretanto, la lancha había dado la vuelta a la popa del barco y en ella se leía su nombre: *Waldeck,* de indudable origen norteamericano.

Sobre el puente, que el capitán Hull veía por entero, no había nadie. El perro, deslizándose hacia la escotilla central abierta, ladraba unas veces hacia afuera y otras hacia el interior.

—Ese animal no está solo a bordo —observó Dick.

—Seguro que no, pero me temo que adentro

sólo estén los cuerpos de los que se murieron de hambre.

—¡No, no! —exclamó Dick—. Ese perro ladra como si hubiera seres vivos.

En aquel momento, respondiendo al llamado del grumete, el perro se arrojó al agua y nadó hasta el bote. Lo recogieron, y el animal, en vez de abalanzarse sobre un trozo de pan que le tendía Dick, se precipitó hacia un balde de agua dulce.

Entonces dirigieron el bote hacia un sitio más apropiado para poder abordar el *Waldeck* y con ese fin se volvieron a alejar para maniobrar. El perro debió creer que no querían subir a bordo, pues agarró a Dick por la chaqueta y reanudó sus lastimeros ladridos.

Por fin, la lancha se acercó. El capitán y Dick, siempre siguiendo al perro, comenzaron la búsqueda hasta dar con cinco cuerpos, quizá cinco cadáveres. Se trataba de cinco negros y aún respiraban.

Al subir al *Pilgrim* el capitán Hull pidió agua para reavivar a los cinco hombres y llamó a Negoro.

Al oír aquel nombre el perro se puso en guardia con los pelos erizados y la boca abierta.

El cocinero no aparecía, pero cuando por fin lo hizo, el furor del animal no tuvo límites. Se precipitó sobre él y pretendió morderlo en la garganta. El hombre se defendió pegándole con un hierro y requirió la ayuda de los marineros, que contuvieron al animal.

—¿Conoce a este perro? —le preguntó el capitán Hull.

—¿Yo? ¡Jamás lo he visto! —contestó Negoro.

—¡Qué raro! —murmuró Dick.

capítulo 4

LOS SOBREVIVIENTES
DEL *WALDECK*

El capitán Hull estaba ansioso por saber si aquellos negros pertenecían a algún grupo de esclavos o eran ya ciudadanos libres, en caso de ser norteamericanos.

Tom, el más viejo de ellos, de unos sesenta años de edad, fue quien primero pudo satisfacer su curiosidad. Eran todos norteamericanos y su barco había sido abordado durante la noche, diez días antes. Ignoraban si algún otro tripulante había logrado salvarse. Él, era el padre de Bat, uno de los recogidos por el *Pilgrim*. En cuanto a los otros, sus nombres eran Austin, Acteón y Hércules. Todos eran fuertes, especialmente el último, y gracias a esa fortaleza habían logrado sobrevivir esos diez días casi sin alimentarse. La falta de agua los llevó al desvanecimiento final en el que fueron rescatados.

En cuanto a Dingo —tal era el nombre del perro— pertenecía a la raza neozelandesa. Lo habían recogido errante y hambriento en el litoral africano, cerca de la desembocadura del río Congo. Todo cuanto ligaba a ese animal a su pasado se encerraba en dos letras grabadas en su collar: S.V. De magnífica presencia, se veía hecho para la lucha y no era de extrañar que a Negoro no le satisficiera la recepción que le había brindado.

El viejo Tom observó que a Dingo parecían no gustarle los negros. Sin embargo no era malo, más bien se lo veía triste.

Tales eran los sobrevivientes del *Waldeck,* y el capitán Hull pensó que su misión consistía en devolverlos sanos y salvos a su tierra.

Instalados todos con comodidad, el *Pilgrim* reinició su marcha, siempre lenta a causa de los vientos del este.

Los náufragos rescatados se incorporaron leal- mente al resto de la tripulación y se esforzaban por servir en cualquier emergencia para manifes- tar su agradecimiento.

El gigantesco Hércules fue para el pequeño Jack un motivo de admiración y alegría, mientras que Dingo no tardó en incorporarse a la comitiva del niño; más aún, enseguida se convirtió en el favorito de la tripulación. Sólo Negoro procuraba evitarlo, toda vez que el animal no ocultaba su inexplicable antipatía hacia él.

Cada uno, entretanto, seguía cumpliendo en el *Pilgrim* su misión específica. Hasta el primo Benedicto, que hurgaba por todos los rincones en busca de insectos raros para su colección. Él vivía absorto en su tarea y ajeno a todo cuanto pudiera suceder a su alrededor.

Mientras el primo Benedicto juntaba bichos, la señora Weldon enseñaba a Jack a leer y escribir, y Dick lo preparaba en los primeros elementos de cálculo.

El niño aprendía a leer por medio de letras móviles impresas en rojo sobre cubos de madera, que reunía hasta formar palabras.

Un día en que el pequeño se hallaba entretenido en ese aprendizaje, Dingo comenzó a dar vueltas a su alrededor y de pronto se detuvo bruscamente. Su mirada quedó fija en uno de aquellos cubos y luego, arrojándose sobre él, lo agarró con los dientes y lo colocó junto a Jack. El cubo tenía impresa una letra mayúscula: la S.

Luego se abalanzó nuevamente y separó un segundo cubo: el de la V.

Entusiasmado, Jack gritó: ¡Dingo sabe leer, sabe leer!

Dick quiso recuperar los dos cubos, pero el animal le mostró los dientes, amenazador. No obstante, el grumete se los quitó y los mezcló con los cubos restantes. Dingo de nuevo los agarró y los separó, colocando sus dos patas encima en señal de posesión y defensa.

—¡Qué cosa más rara! —comentó la señora Weldon.

—¡De veras! S.V.; justo las letras de su collar.

—¿Esas dos letras le recuerdan algo, capitán?

—Sí, señora Weldon. Un recuerdo; o mejor dicho, una sospecha. Este perro fue hallado en la costa de África... En 1871 (hace dos años) un hombre salió de Francia con intenciones de atravesar el África de oeste a este. Su punto de partida debió de ser la desembocadura del Congo. Ese hombre se llamaba Samuel Vernon, justamente las iniciales que lleva Dingo en el collar: S.V.

—¿Y qué supone usted, capitán? —inquirió la señora Weldon.

—Que Samuel Vernon no debe haber podido llegar a la costa oriental de África, ya sea porque cayó prisionero o porque murió en el trayecto.

—Y entonces este perro...

—Sí, este perro debe de haber sido suyo y logró salvarse y retornar a la orilla del Congo, donde fue recogido por el capitán del *Waldeck*. ¿Pero cómo logró conocer estas letras?

En aquel momento Negoro apareció en el

puente. Nadie notó su presencia, ni la especial mirada de asombro con que contempló las dos letras bajo las patas del perro. Pero Dingo, apenas lo vio, comenzó a enfurecerse. Rápidamente y con un gesto de amenaza, el portugués se refugió en la cocina.

—¡Aquí se encierra algún misterio! —dijo el capitán, que había presenciado la escena.

—¡Ah! ¡Capitán Hull! —exclamó Dick—. ¡Si Dingo supiera hablar! Tal vez sabríamos lo que significan esas dos letras y por qué le mostró sus dientes, furioso, a nuestro cocinero.

•

capítulo 5

BALLENA A LA VISTA

El 10 de febrero cambió la dirección del viento sensiblemente y el capitán Hull abrigó la esperanza de que el *Pilgrim* pudiera avanzar a mayor velocidad.

Aquel día la señora Weldon se paseaba por la popa del bergantín, cuando advirtió una rara coloración en el agua.

—Dick —le dijo al grumete—, ¿notas qué color más raro tiene aquí el agua?

—Sí, señora Weldon. Lo producen millares de crustáceos, que por lo general son el alimento de los grandes mamíferos. Los pescadores lo llaman *brit*.

En aquel instante se oyó en proa el grito de un marinero:

—¡Ballena a babor!

El capitán Hull se irguió y corrió hacia el

castillo del *Pilgrim,* seguido por la señora Weldon, Dick, Jack y hasta el primo Benedicto.

—No es una ballena propiamente dicha —dijo—. Su surtidor sería más alto y el ruido que hace es muy particular. ¿Tú qué opinas, Dick?

—Creo que se trata de una yubarta. ¿No ve con qué fuerza arroja al aire la columna líquida?

—Así es, Dick, y una yubarta de gran tamaño. Lo menos mide veinte metros.

—Es cierto, pero suele ser peligroso atacarlas.

—¡Peligroso, peligroso! Sí, pueden destruir la piragua más fuerte de un coletazo, pero la ganancia que supone también merece un riesgo.

—¡Bah! —alardeó uno de los marineros—. Todo es cuestión de saber arponearla.

—Sería una lástima perdernos ésta —replicó otro.

Era evidente que todos aquellos hombres estaban ansiosos por correr a la caza de la ballena.

—Mamá, mamá —gritó entonces el pequeño Jack—, yo quisiera ver cómo es.

—¿Qué? ¿Tú quieres verla, Jack? —gritó jubiloso el capitán Hull—. ¿Y por qué no hemos de cazarla? Aunque somos pocos, lo lograremos para ti.

—¡Claro que sí, claro que sí! —aprobaron los marineros.

—Ya van a ver cómo todavía sé arrojar el arpón —exclamó entusiasmado el capitán.

—¡Hurra! ¡Hurra! —le hizo eco toda la tripulación.

Pese al entusiasmo, la señora Weldon creyó un deber preguntar al capitán si aquello no constituía un peligro.

—Ninguno, señora Weldon —respondió éste—. No es la primera vez que cazo ballenas con una sola embarcación.

Y dicho esto, organizó la expedición. Sólo podía contar con una ballenera y cinco hombres, pues Tom y sus compañeros no estaban capacitados para un trabajo que exigía tanta experiencia.

De modo que encomendó el *Pilgrim* al cuidado y responsabilidad de Dick Sand, y con los cinco marineros se lanzó, él como arponero, en busca de la yubarta.

Poco antes de embarcarse en la ballenera, el capitán Hull se aseguró de que todo en el *Pilgrim* estuviese en orden y de que se mantuviera quieto en su sitio.

—Dick —le rescomendó—, te dejo solo. Cuídalo todo y, si tuvieras que seguirnos, ahí tienes a Tom y sus amigos que te obedecerán.

—A sus órdenes, señor Dick —exclamaron los negros, dispuestos al trabajo. El capitán prosiguió:

—Si fuera menester ir a buscarnos, izaré un trapo en el extremo de un remo.

—Váyase tranquilo, capitán, que estaré atento a todo —le aseguró el muchacho.

—Bueno, Dick, ¡valor y sangre fría! Tú eres el segundo capitán. Haz honor a tu jerarquía.

Dick Sand no respondió, pero enrojeció al sonreír.

—Vigila bien, Dick, vigila bien. Un ojo en el *Pilgrim* y otro en la ballena. ¡Y ahora, partimos!

Una vez más, todos desearon buena suerte al capitán.

El mismo Dingo, erguido sobre las patas y asomando su cabeza, parecía despedirlos, pero lanzó un ladrido lúgubre que hizo temblar a los que quedaban en el *Pilgrim*.

—No mueve la cola —masculló Tom—. ¡Mala señal! ¡Mala señal!

De pronto Dingo se enderezó y lanzó un furioso ladrido.

—La señora Weldon se volvió y vio a Negoro que se dirigía a proa, sin duda para presenciar la caza. El perro se abalanzó furioso sobre él y de seguro lo habría destrozado si Dick no hubiera logrado apartarlo.

Negoro palideció y retornó a su camarote.

—Hércules —dijo entonces Dick—, vigile a ese hombre.

—Lo vigilaré —contestó el interpelado, y sus puños se cerraron con fuerza en señal de asentimiento.

La ballenera, entretanto, ya era sólo un punto que se alejaba sobre el mar.

·

capítulo 6

LA YUBARTA

Toda precaución es poca cuando se trata de capturar una yubarta, y el capitán Hull no olvidó ninguna.

Comenzó por avanzar contra la dirección del viento, siguiendo el contorno de las aguas rojizas.

La yubarta no se movía ni parecía advertir la embarcación que la cercaba en círculo.

Media hora después de haber abandonado el *Pilgrim*, el capitán Hull y sus marineros habían dado la vuelta al lugar donde se encontraba la ballena, de modo que ésta se hallaba exactamente entre las dos embarcaciones.

Había llegado el momento de atacarla acercándose sigilosamente. Estaban ya a escasos doscientos metros y el capitán Hull, de pie en la proa, con las piernas separadas, sostenía el arpón que arrojaría sobre el animal.

—¿Listos, muchachos? ¡Atraca ya, Howik! —ordenó.

La ballena no se movía, parecía dormir. En tal caso, el primer arponazo podía ser definitivo.

—Esta inmovilidad es muy rara —pensó el capitán—. Seguro que no duerme y está tramando algo.

Pero era el momento de actuar y, tras agitar el arpón, lo arrojó violentamente a la vez que ordenaba:

—¡Atrás! ¡Atrás!

La ballenera obedeció, y en aquel momento un grito del jefe reveló el secreto de la quietud de la ballena:

—¡Un ballenato!

Así era. Herida por el arpón, la yubarta se inclinó y entonces apareció el ballenato al que estaba amamantando.

El capitán no ignoraba que la lucha sería feroz, pues la yubarta defendería con ahínco a su cría.

Sin embargo, el animal no se precipitó sobre la embarcación sino que se sumergió oblicuamente, seguida por su cachorro, y comenzó a nadar entre dos aguas. Se trataba de una yubarta excepcional, de unos veinticuatro metros de largo, y el capitán juró que no la dejaría escapar.

La carrera era vertiginosa, ya que, a medida que el animal se alejaba, arrastraba tras de sí las sogas que unían el arpón con la ballenera.

—Sin embargo, no tendrá más remedio que salir a la superficie para respirar —dijo el capitán—. No es un pez y necesita aire.

Se añadió una cuarta soga, y una quinta, y finalmente pareció que el animal frenaba su carrera.

Entretanto, el *Pilgrim* se hallaba a más de cinco millas de distancia y el capitán Hull hizo la señal convenida para que se aproximase, aunque previendo que tardaría en llegar por la ausencia de brisa.

La yubarta asomó por fin y se detuvo mostrando el arpón clavado sobre su lomo.

Dos marineros prepararon sus lanzas para arrojarlas al animal, mientras Howik maniobraba para evitar el encontronazo en caso de ser atacados.

La tranquilidad de la yubarta preocupaba a todos. De pronto dio un coletazo y se alejó unos treinta pies.

—¡Atención! —gritó el capitán—. Va a tomar fuerzas y se arrojará sobre nosotros.

En efecto, la yubarta había girado hasta ponerse de frente y, agitando sus enormes aletas, arremetió hacia adelante.

La embarcación la esquivó hábilmente, a la vez que los lanceros procuraban herirla en las partes más vitales.

La yubarta se detuvo, arrojando agua y sangre hacia arriba, y otra vez se lanzó hacia sus perseguidores.

Tres nuevos lanzazos bien dirigidos y un enorme oleaje cubrió la embarcación. Se hizo urgente desagotarla y el capitán cortó las sogas. Ya no se necesitaban.

El animal, herido de muerte, no pensaba en huir sino en atacar con toda su ferocidad; el tercer golpe fue espantoso, ya que su aleta dorsal rozó la embarcación, y la oscilación que produjo impidió a los lanceros dar en el blanco.

La repentina aparición del ballenato junto a la barca agravó la situación, pues era seguro que su madre se lanzaría desesperadamente a defenderlo.

Con los remos destrozados, el capitán Hull miró de reojo al *Pilgrim* y agitó el trapo. Pero el *Pilgrim* no podía avanzar con más prisa de lo que lo hacía.

En aquel momento, la yubarta, cubriendo al ballenato con su cuerpo, enfiló derecho hacia la embarcación.

Comprendiendo que, sin armas y sin timón, estaban perdidos, todos se pusieron de pie aterrados, lanzando un grito desgarrador que quizás oyeron los tripulantes del *Pilgrim*.

Un feroz coletazo del animal alcanzó a la

embarcación por debajo y la lanzó por los aires, destrozándola por completo.

Los hombres, incluso heridos de gravedad, habrían podido resistir nadando o tomándose de alguna tabla flotante, como lo intentaron, pero la yubarta, enfurecida, agitó violentamente las aguas con su cola, levantando una verdadera montaña arremolinada .

Quince minutos más tarde, cuando Dick llegó al escenario de la tragedia, no quedaba un solo rastro de vida. Apenas si se veían flotar algunos restos de la ballenera sobre las aguas ensangrentadas.

DICK SAND SE
CONVIERTE EN CAPITÁN

Impotentes y desesperados, los tripulantes del *Pilgrim* sólo atinaron a rezar por los desaparecidos.

Luego, la señora Weldon dijo:

—Pidamos ahora al cielo fuerza y valor para nosotros.

Era lo que más necesitaban; sin capitán y sin marineros, el bergantín encarnaba el símbolo de la fatalidad.

Sólo un grumete de quince años reunía en sí la representación de toda una tripulación. El resto, todos seres indefensos e inexpertos.

Dick Sand reflexionaba en ello contemplando el lugar de la catástrofe cuando Negoro, con su rostro inexpresivo, se presentó ante él.

—¿Quería decirme algo? —preguntó Dick.

—Tengo que hablar con el capitán Hull o con

el contramaestre Howik —respondió Negoro con cinismo.

—Bien sabe que han muerto.

—¿Quién manda entonces aquí?

—Yo —afirmó decidido Dick.

—¡Usted! ¡Ja! Un capitán de quince años.

—¡Sí, un capitán de quince años! —replicó el muchacho avanzando hacia él.

—¡Y no lo olvide! —intervino la señora Weldon—. Aquí no hay más que un capitán: el capitán Sand.

Negoro se inclinó y, murmurando sarcásticamente una frase ininteligible, se alejó a su puesto.

Dick Sand, entretanto, medía sus posibilidades. Mucho era lo que sabía de barcos, pero habría necesitado cuatro o cinco años más para ser un experto. De todo el instrumental de medición sólo conocía la brújula y la corredera. No se desalentó, sin embargo, y sintió agradecido el apoyo y la confianza de la señora Weldon.

—La suerte del navío está en tus manos, Dick —le dijo ella—. Tú salvarás al *Pilgrim* y a todos los que vamos en él.

—Sí, señora Weldon; lo intentaré con la ayuda de Dios. Convertiré a Tom y sus compañeros en marineros capaces y juntos maniobraremos. Por los mapas del capitán sé dónde nos hallamos y, si el tiempo nos favorece, todo será fácil. Si el tiempo es malo, igual con la ayuda de Dios, nos

salvaremos. Lo importante ahora no es llegar a Valparaíso sino a cualquier puerto. El viento que comienza a soplar nos favorece y creo que lo conseguiremos.

Lo que Dick Sand pensaba hacer era reconocer la dirección y la velocidad del *Pilgrim,* comprobando todos los días en el mapa el camino recorrido mediante la corredera y la brújula. Lo demás trataría de suplirlo con su intuición y con la ayuda de Tom y sus compañeros. Y así comenzó a instruirlos en lo más elemental y urgente, como el manejo del timón y el pliegue y despliegue del velamen.

Sólo dos personas permanecían alejadas de este trajín: el primo Benedicto, quien, sumergido en su búsqueda de insectos, parecía no haberse dado cuenta de la catástrofe sufrida, y Negoro, que permaneció en la cocina sin intentar, aparentemente, rebelarse contra Dick Sand.

Con el viento a favor, el bergantín avanzaba con soltura y el joven capitán sólo tenía que controlar cada media hora la corredera y anotar sus indicaciones. En cuanto a la brújula, o compás, había dos a bordo. Una, ubicada en la bitácora, a la vista del hombre encargado de la barra, y la otra, invertida, fija a los barrotes del camarote que antes ocupaba el capitán Hull. De este modo, sin salir de él, Dick podía comprobar si el barco seguía la ruta por él ordenada.

Por desgracia, durante la noche del 12 al 13 de febrero, mientras Dick estaba de guardia y atendiendo el timón, la brújula del camarote se desprendió y se estrelló sobre el piso. Sólo al día siguiente el joven se dio cuenta de lo ocurrido.

El contratiempo era serio, pues en adelante sólo se podría contar con la brújula de la bitácora, de modo que el flamante capitán procuró resguardarla por todos los medios. Para ello permanecía junto a la barra el mayor tiempo posible, durmiendo apenas cinco o seis horas por día y cuidando de que, al alejarse él, Tom o su hijo Bat lo sustituyeran.

Una de esas noches en que la fatiga abrumó más de lo acostumbrado a Dick, Tom lo suplió en la barra. El cielo aparecía cubierto de nubes y la oscuridad era completa. Hércules y Acteón estaban de guardia en proa, y a popa la luz de la bitácora apenas alumbraba la rueda del timón. Los faroles laterales sumergían el puente en la oscuridad más absoluta.

A eso de las tres de la mañana el viejo Tom —cuyos ojos, al haber estado demasiado tiempo fijos en la luz de la bitácora, habían sufrido una especie de pérdida total de la visión— cayó en un estado de somnolencia. No sólo no veía, sino que quedó como insensibilizado.

No advirtió, por lo tanto, que una sombra se deslizaba por el puente.

Era Negoro, quien al llegar a proa, colocó debajo de la bitácora un objeto pesado que llevaba en la mano.

Luego se retiró con el mismo sigilo.

Si al día siguiente Dick hubiera visto el objeto, lo habría arrojado lejos de allí. Se trataba de un trozo de hierro cuyo influjo cambiaba la dirección de las agujas, las cuales, en lugar de señalar el norte magnético señalaban el noreste. O sea que se producía una desviación de medio ángulo recto.

Cuando Tom salió de su sopor, creyó que por su culpa el barco se había desviado, por lo que se apresuró a mover el timón nuevamente hacia el este. Eso era lo que él creía, pero, con la desviación introducida por Negoro, en realidad se orientó hacia el sudeste.

Y así el *Pilgrim*, que creía avanzar por la buena ruta con buen viento, sufrió una desviación importante en su derrotero.

•

TEMPESTAD

En la semana que siguió a este incidente nada especial se produjo a bordo.

El *Pilgrim* avanzaba con rapidez, favorecido por el viento.

Lo que más extrañaba a Dick era no cruzarse con ningún barco correo, ya que, según sus cálculos, los barcos que subían del Cabo de Hornos al Ecuador y los que bajaban hacia el extremo de América del Sur no podían estar lejos. El joven ignoraba que el *Pilgrim* se hallaba más al sur de lo que suponía, no sólo por la fuerza de las corrientes sino y sobre todo a causa de la brújula que Negoro había desviado. En realidad no avanzaba hacia el este, sino hacia el sudeste.

Con todo, no se inquietaba. Conocía su oficio y sólo lamentaba el contratiempo que la demora significaría para la señora Weldon y los suyos. Ésta confiaba en su joven capitán, pero la presencia del pequeño Jack no dejaba de intranquilizarla. Su corazón materno se oprimía entonces angustiado.

Dick era, eso sí, un experto en cuanto al conocimiento del tiempo se refería. Poseía para ello el "olfato del buen marino". El aspecto del cielo y el barómetro configuraban para él un pronóstico seguro.

Por eso, el 20 de febrero, el bajón de la columna del barómetro comenzó a preocuparlo, ya que indicaba una larga temporada de mal tiempo, dado que la lluvia tardaría en llegar. El viento soplaba, y a más de cincuenta y siete kilómetros por hora.

Dick preparó el bergantín en prevención de cualquier eventualidad. El viento, entretanto, se acentuaba y densas brumas cubrían el mar por doquier. El joven capitán, preocupado, apenas descansaba.

El 23 de febrero, por la tarde, el viento arreció con más vehemencia y las nubes se tornaron más amenazantes.

En aquel momento apareció Negoro y subió al castillo de proa. Observó el cielo y el horizonte, y una sonrisa diabólica asomó a sus labios. Luego, sin pronunciar palabra, bajó a su puesto.

Todos los tripulantes del *Pilgrim* tenían la esperanza de que aquel viento, mientras no se declarara una tempestad, los acercaría sensiblemente a la costa americana. Sin embargo —pensaba Dick—, si la tempestad se desencadenaba, ¿cómo maniobraría para no estrellarse contra un litoral desconocido?

Por espacio de trece días el panorama no cambió: oscilaciones del barómetro, disminución y aumento de los vientos, lluvia torrencial y rayos amenazadores que caían sobre el océano o rozaban al navío.

El barco se sacudía de una manera horrorosa, y aunque la señora Weldon sobrellevaba bien la dificultad, su hijo Jack padecía muchísimo. El primo Benedicto, en cambio, no se conmovió más que las cucarachas que estudiaba encerrado en su camarote. En cuanto a Tom y sus compañeros, su estado era magnífico, pese a no ser avezados marineros.

Lo que más extrañaba a Dick era que aún no apareciera la costa.

El 9 de marzo, mientras el joven observaba el horizonte con el largavista, la señora Weldon le preguntó:

—¿No ves nada todavía, Dick?

—Nada, señora, y es lo que me sorprende, pues segun mis cálculos, que no pueden estar tan equivocados, a la velocidad a que vinimos, deberíamos estar ya muy próximos a ella.

—¿No te habrás equivocado, Dick?

—De ninguna manera, señora. La corredera ha funcionado cada media hora.

En ese momento se oyó a Tom:

—Señor Dick, se rompieron las sogas y se perdió la corredera.

En efecto, la maroma se había roto por el medio, pero ¿sería fruto del desgaste del material?, fue lo que se preguntó Dick con cierto recelo. Para ello no tenía respuesta. Lo cierto era que ya no disponía de medios para medir la velocidad y como indicador sólo le quedaba una brújula cuyas marcas falseadas él ignoraba.

Al día siguiente el barómetro descendió más aún y se hizo urgente modificar el velamen para asegurar la nave y evitar un exceso de velocidad fatal.

La tempestad estaba ya a un paso y era urgente capearla plegando totalmente la vela mayor. La orden de Dick no pudo cumplirse porque, en ese instante, una violenta ráfaga se la arrancó de las manos. El temor del joven era estrellarse contra el litoral, que presumía cercano. Avizoró el horizonte, sin distinguir nada, y retomó el timón.

Poco después, Negoro subió al puente y extendió un brazo hacia un punto como si señalara tierra; luego, con una sonrisa malvada, volvió a la cocina.

capítulo 9

OTEANDO EL HORIZONTE

A esa altura la tempestad se tornó terrible y se convirtió en huracán. Privado de todo, el *Pilgrim*, más que flotar parecía volar sobre las encrespadas olas del océano. Dick, a todo esto, se aferraba al timón procurando poner orden en aquel bergantín, convertido en juguete de los elementos desatados.

Todas las escotillas habían sido cerradas para oponer resistencia al terrible oleaje, mientras dentro, en sus camarotes por orden del joven capitán, la señora Weldon, Jack y acompañantes sólo confiaban en Dios y en él. Por eso mismo Dick casi ya no dormía. Lo señora Weldon, temerosa por su salud, le pidió que descansara algo y, mientras el muchacho lo hacía, en la noche del 13 al 14 de marzo se produjo un nuevo incidente.

Tom y su hijo Bat estaban en popa cuando se

les acercó Negoro fingiendo querer conversar con ellos. De pronto Negoro cayó en un vaivén y se tomó de la bitácora. Tom gritó, pensando que se había roto la brújula, y fue ese grito el que precipitó a Dick fuera de su camarote. Negoro, sin que nadie se percatara, había sacado el pedazo de hierro de debajo de la brújula y lo había hecho desaparecer. Ahora que el viento soplaba en dirección sudoeste le interesaba que la brújula marcara su verdadera dirección.

—¿Qué sucede? —gritó Dick.

—Que este infeliz de cocinero acaba de caerse sobre la brújula.

Dick se precipitó sobre ella, pero se tranquilizó al verla intacta. Lo que no percibió es que ésta señalaba ahora exactamente el norte magnético.

—¿Qué hace usted aquí? —increpó a Negoro.

—Lo que me da la gana —replicó el cocinero.

—¿Cómo ha dicho? —exclamó Dick, indignado.

—Digo que ningún reglamento me prohíbe pasear por la popa.

—Ese reglamento se lo impongo yo y le prohíbo que venga aquí.

—¿De veras? —interrogó amenazador Negoro. Dick lo apuntó con un revólver, diciéndole:

—Este revólver no me abandona nunca y sepa

usted, Negoro, que a la primera insubordinación le parto la cabeza.

En aquel momento Negoro cayó sobre el puente. Hércules le había dado un golpe en el hombro con su pesada mano.

—¿Quiere que lo arroje al agua, Capitán Sand? —preguntó el gigantesco negro.

—Todavía no, Hércules.

Negoro se levantó y, mientras se alejaba, murmuró dirigiéndose a Hércules:

—La pagarás caro, negro maldito.

Dick contó a la señora Weldon el episodio, y aunque los dos tenían sus sospechas, tuvieron que contentarse con vigilar a Negoro, pues no había pruebas contra él. Mientras tanto el joven se desesperaba, pues deberían estar ya sobre el litoral, a menos que un garrafal error —imposible de ocurrir según sus cálculos— los hubiera desviado de la costa.

Un promontorio divisado entre brumas les hizo alentar esperanzas de llegar a tierra firme, pero luego la decepción fue mayor, ya que, de él, a las dos horas no quedaban rastros.

Dick opinó que se trataba de la isla de Pascua. Según sus cálculos, era la única posible a esa altura del Pacífico y su entusiasmo fue inmenso.

Se hallaban, pues, a solo dos mil millas de la costa, y si el viento se volvía favorable pronto tocarían tierra americana. Todos participaron de su alegría. En cuanto a Negoro, que también había contemplado la mole de la supuesta isla de Pascua, saboreó para sus adentros la realidad con sonrisa diabólica.

•

capítulo 10

¡TIERRA! ¡TIERRA!

Lentamente la tempestad fue cediendo, y la primera en aparecer en cubierta fue la señora Weldon.

—¡Dick, hijo mío, capitán! Te desobedezco saliendo, pero creo que amaina la tormenta, ¿no? ¡Cuánto has hecho por nosotros!

—Sí, señora Weldon, la tempestad se calma. Yo sólo he cumplido con mi deber y ojalá pueda desembarcarlos a ustedes sanos y salvos.

—Hijo mío, eres todo un hombre. Te prometo que, apenas termines tus estudios, tendrás un alto cargo en la casa de James W. Weldon. Ya eras nuestro hijo adoptivo y ahora lo eres verdadero. Te abrazo como una madre.

A Dick se le soltaron las lágrimas y se sintió con más ánimo y energía que nunca.

De inmediato llamó a Tom y a los suyos y

juntos emprendieron la tarea de reacondicionar al sacudido bergantín. Se volvieron a izar las velas y el *Pilgrim* reanudó airoso su travesía.

Aunque el viento cedía lentamente, en el cielo las nubes dejaban por momentos ver el sol, lo cual por sí solo era ya motivo de alegría para quienes durante tanto tiempo habían errado en la oscuridad. Aunque Dick no pudo contar con la corredera, acostumbrado como estaba a calcular velocidades y distancias, no dudó de que antes de siete días estarían avistando tierra.

—¿Y a qué punto llegaremos, Dick? —le preguntó la señora Weldon.

—Aquí, señora, fíjese en el mapa. Aquí está el litoral del Perú y de Chile. Aquí, la isla de Pascua. Yendo, como vamos, hacia el este, seguramente tocaremos costa peruana o chilena.

—Cualquiera sea el puerto, Dick, será bendito.

—Sí, señora, y en él podrán usted y los suyos reembarcarse rumbo a San Francisco. Yo trataré de conseguir tripulación y, luego de descargar en Valparaíso, iré hacia el norte, a juntarme con ustedes.

—¿Hay peligro en esas costas?

—Sí, señora Weldon, pero espero encontrar algún barco que nos oriente con exactitud. Me extraña ya que no nos hayamos cruzado con ninguno. Si esto no sucediera, ¡Dios no lo permita!, me vería obligado a acercar el navío a la costa, con el riesgo inmenso que ello significa para el *Pilgrim*.

El día 5 de abril se cumplieron dos meses desde que habían zarpado de Nueva Zelanda, y, sin embargo, la tierra aún no aparecía. Era extraño que el litoral sudamericano, con su enorme cordillera de los Andes, no se vislumbrara aún. Varias veces la tripulación creyó ver su mole, pero sólo se trataba de nubes con formas extrañas.

Sin embargo, el 6 de abril ya no hubo dudas. El horizonte despejado mostró a Dick la costa.

De sus labios escapó el ansiado grito:

—¡Tierra! ¡Tierra!

Todos corrieron enloquecidos de alegría a contemplar la anhelada meta. Sólo Negoro no apareció.

La costa parecía baja, con pocos árboles sobre los acantilados. Ni casa, ni puerto, ni nada que pudiera servir para atracar un barco.

Dick, entretanto, estudiaba el mejor modo de acercarse a una ensenada a la que sólo se podía llegar sorteando una cantidad de arrecifes.

Dingo, que se paseaba sobre cubierta, avanzó hacia la proa y comenzó a ladrar lastimosamente como si reconociera aquel paraje. Negoro debió oírlo y sin temor alguno salió y se lanzó también a contemplar la costa. Ob-

servando el rostro del portugués, la señora
Weldon se preguntó si también para él el sitio no
sería familiar.

En aquel momento se le acercó Dick y le dijo
con voz firme:

—Señora Weldon, no hay ningún refugio.
Tendré que acercar el barco a la costa y perderlo
para salvarlos a ustedes.

—Dick, ¿has hecho todo lo que podías?

—Sí, señora. Todo.

—Entonces, ¡adelante!

Inmediatamente comenzaron los preparativos
para encallar. Se entregaron cinturones de salva-
mento a todos, Hércules cuidaría de la señora
Weldon, Dick se encargaría de Jack, y Bat y Austin
procurarían salvar al primo Benedicto junto con
su caja de insectos.

Dick hizo subir al castillo de proa una docena
de barriles de aceite. Éste, derramado a tiempo,
calmaría por un instante el mar y en cierto modo
lubricaría el agua, permitiendo así que el *Pilgrim*
adelantara. Así se hizo y el bergantín avanzó hasta
que se produjo un choque. Levantado por una
ola enorme, la nave encalló y su arboladura se
derrumbó. El casco, entreabierto, dejó un boquete
por el que comenzó a entrar el agua, pero por
fortuna la costa estaba próxima y una serie de
negras toscas permitían llegar a ella con facilidad.

De este modo, a los diez minutos del choque, toda la tripulación del *Pilgrim* se hallaba sobre el acantilado.

capítulo 11

LO QUE CONVIENE HACER

El *Pilgrim* se había perdido. No era más que un casco de navío al que la resaca dispersaría en pocas horas. Pero Dick agradecía a Dios el haber podido, al menos, salvar a su tripulación. En el continente americano hallarían fácilmente el modo de reembarcarse hacia su destino final. Si, como creía el joven capitán, se hallaban en la costa del Perú, pronto encontrarían puertos o poblaciones.

La parte alta del acantilado fue reconocida enseguida y se vio que estaba cubierta por una densa selva. Sorprendía, sí, que en toda aquella exuberancia de plantas no se viera ningún ejemplar de las múltiples palmeras típicas de la región. Por lo demás, y fuera de una enorme cantidad de pájaros, nada perturbaba el silencio ni se divisaban chozas o poblaciones en el contorno.

Dick no dejaba de estar sorprendido y lo mismo parecía ocurrir con Dingo, quien iba de un lado a otro de la playa.

—Dick, mira a Dingo —señaló la señora Weldon.

—Sí, parece buscar una huella.

—Es muy raro todo esto. ¿Qué hace Negoro?

—Lo mismo que Dingo. Va de un lado a otro. Mide la playa. Se vuelve. Parece concentrado. ¿Conocerá este sitio? De todos modos es libre. Al hundirse el *Pilgrim,* ya no tiene obligación de obedecerme.

Por el momento había que solucionar lo más urgente, que era hallar un refugio provisional. Por la comida no había problemas, pues la resaca les había acercado casi toda la despensa del *Pilgrim.*

Fue el pequeño Jack quien halló el refugio apetecido: una amplia gruta, que por lo menos los resguardaría durante algunas horas. Allí comieron y bebieron todos, incluso Negoro, aunque éste permaneció silencioso.

—Querido Dick —le dijo la señora Weldon—, te damos infinitas gracias por cuanto has hecho por nosotros y deseamos que seas tú quien continúe al frente del grupo. ¿Qué opinas que debemos hacer ahora?

—Lo primero —contestó Dick— será averiguar exactamente dónde estamos, para lo cual dos de nosotros saldremos mañana a investigar los alrededores. Seguro que a pocos kilómetros hallaremos indígenas.

Al terminar de comer, el primo Benedicto tomó una caja y se fue en busca de insectos para su colección.

Casi al mismo tiempo Negoro, dirigiéndose hacia el vecino río, se alejaba lentamente.

Mientras Jack descansaba en las rodillas de Nam, la señora Weldon, seguida por Dick y sus compañeros, se acercaron por última vez al *Pilgrim* y procuraron extraer de él todo lo que podía servir como alimento y armas de fuego y blancas. Por encargo de la señora, el joven capitán recogió todo el dinero que quedaba a bordo, unos quinientos dólares.

Era poco y no correspondía a la cantidad que tenía la señora Weldon. ¿Dónde estaría el resto? ¿Quién había estado allí antes que ellos? Del único que Dick podía sospechar era de Negoro y decidió interrogarlo a su regreso.

La noche que se avecinaba prometía ser borrascosa y, ya en la gruta, decidieron que harían guardia por turno. Entretanto, el primo Benedicto no había regresado y su ausencia comenzó a alarmarlos. Finalmente llegó refunfuñando, pues ningún insecto interesante se había cruzado en su camino.

En consecuencia, el entomólogo quería partir inmediatamente de ese rincón, y a duras penas la señora Weldon logró calmarlo.

Ya iban todos a retirarse para descansar, cuando Tom hizo notar que Negoro no había vuelto.

—¿Dónde podrá estar? —inquirió la señora Weldon.

—¿Qué importancia tiene? —le contestó Bat.

—Mucha, Bat. Prefiero que ese hombre esté con nosotros, a fin de poder controlarlo.

—Es cierto, señora —agregó Dick—, pero si se ha ido, nada podemos hacer. Es libre. Tal vez tuviera sus buenas razones para escapar.

Y llamando aparte a la señora Weldon, le comunicó sus sospechas sobre el dinero desaparecido; sospechas que también alimentaba ella. Pero en un punto no estaban de acuerdo: mientras Dick afirmaba que, si regresaba, había que desenmascararlo, la señora Weldon sostenía lo contrario. Le dijo:

—Si Negoro vuelve es porque ya ha ocultado el dinero, y no conseguiremos que confiese la verdad. Lo mejor será ocultarle nuestras sospechas y hacerle creer que seguimos ignorantes de todo.

Mientras tanto, Negoro había sido llamado varias veces sin obtener respuesta alguna. Quizá ya estaba demasiado lejos para oír, o no quería regresar. Nadie lamentaba su ausencia, aunque, como había dicho la señora Weldon, quizá fuera más peligroso no estando cerca. En ese instante Dingo comenzó a ladrar con fuerza.

—¿Qué le pasa a Dingo? —preguntó la señora Weldon.

—Hay que averiguarlo pronto —dijo el grumete, y se dirigió hacia el río en compañía de Hércules, Bat y Austin. Pero allí ni vieron ni oyeron nada y Dingo dejó de ladrar. Retornaron a la gruta y se dispusieron a descansar. Sin embargo, la señora Weldon, nerviosa, no logró dormir. Aquella tierra, tan deseada, no le daba reposo ni seguridad, ni a ella ni a los suyos.

Al amanecer del 7 de abril, Austin, que hacía guardia frente a la gruta, vio que Dingo corría hacia el río ladrando. Sus ladridos despertaron a todos, que salieron para ver de qué se trataba.

—Dingo ha olfateado algo o a alguien —dijo Dick.

—Por supuesto que no se trata de Negoro —aclaró Tom—, ya que no ladra con furia.

—¿Quién podrá ser entonces, si no es Negoro? —preguntó la señora Weldon.

—Pronto lo sabremos, señora —contestó el grumete. Y dirigiéndose a Bat, Austin y Hércules, agregó: —Ármense y vengan conmigo. Vamos a averiguar. —Armados los cuatro, se adelantaron hacia el río. El sol aparecía cortado en rayos por las montañas del este.

Dick Sand y los tres negros avanzaron siguiendo las curvas del río.

Dingo, inmóvil, seguía ladrando. Era indudable que veía o presentía a algún indígena.

En aquel momento un hombre dobló la última curva del acantilado. Avanzaba despacio, procurando serenar al animal.

—¡No es Negoro! —exclamó Hércules.

—Tal vez sea un indígena —dijo el grumete—. ¡Por fin sabremos con certeza dónde estamos!

Y, con los fusiles al hombro, se dirigieron de prisa hacia el desconocido.

Éste, al verlos, manifestó gran sorpresa. Seguramente no esperaba encontrar extranjeros en aquella costa. Si hubiera visto el *Pilgrim* habría comprendido todo al instante, pero, además de la distancia, del bergantín apenas si quedaban ya unas tablas destrozadas. El visitante, al ver a los cuatro hombres armados, intentó retroceder, asegurándose también él el fusil en sus manos.

Dick le hizo un gesto de saludo y el hombre entonces siguió avanzando.

Se trataba de un individuo vigoroso, de unos cuarenta años, de ojos penetrantes, rostro curtido y cabellos y barba canosos. Vestía una chaqueta de cuero, en su cabeza un amplio sombrero, y sus pies calzaban botas altas, con resonantes espuelas en los tacos.

Dick comprendió que aquel hombre no era un indio sino un aventurero extranjero. Su altivez y su barba un tanto rojiza delataban al típico anglosajón. Y su origen quedó esclarecido cuando al saludarlo Dick con un: "Sea usted bienvenido", el hombre le respondió en perfecto inglés.

—Bienvenido también usted, joven. Luego se adelantó y estrechó la mano del muchacho.

A los negros sólo les hizo una ligera inclinación de cabeza.

—¿Son ustedes ingleses? —preguntó al grumete.

—No. Americanos del norte.

—¿Y por qué han venido a esta costa?

Antes de que Dick pudiera explicarle, el desconocido se sacó el sombrero y saludó. Acababa de aparecer la señora Weldon y a ella se dirigía su saludo.

Fue ella quien respondió:

—Señor, somos náufragos. Ayer nuestro barco se estrelló contra estos arrecifes.

Una mirada de pesadumbre se reflejó en el hombre, quien contempló un instante el lugar de la catástrofe.

—Nuestra primera pregunta —continuó la señora Weldon— es saber dónde nos encontramos.

—¿Cómo, no lo saben? Están ustedes en las

costas de América del Sur, más exactamente en la costa boliviana.

Justo en el límite con Chile.

Dick pensaba en lo que acababa de oír. Él creía haber tocado el Perú, pero, después de todo lo ocurrido y de tan larga travesía, ese desvío era explicable. Por lo demás, no había razón para dudar de la palabra del visitante. Quizá por eso la total soledad de la región.

—Entonces, señor —arriesgó—, estamos muy lejos de Lima.

—Sí, Lima queda muy lejos. Por allá, en el norte.

Aunque la señora Weldon desconfiaba, a causa de la ausencia de Negoro, le pareció que en la actitud de aquel hombre no había nada sospechoso.

—Caballero —le dijo—, ¿usted es peruano por casualidad?

—No, señora. Soy norteamericano, nacido en Carolina del Sur. Desde hace veinte años vivo en estas pampas de Bolivia, en el limite con Chile, y ahora voy hacia el desierto de Atacama.

—¿Viaja siempre solo? —quiso saber la señora Weldon.

—No, es la primera vez que hago este viaje. Tengo un hermano a trescientos kilómetros de aquí, en una estancia llamada San Félix. Si ustedes quieren acompañarme, mi hermano tendrá mucho gusto en recibirlos y proporcionarles los medios para que lleguen a la ciudad de Atacama. En cuanto a los negros, tanto aquí en Bolivia como en América del Norte, pueden estar tranquilos, pues la esclavitud no existe.

En aquel momento, y seguido por Nam, apareció Jack.

—¡Qué niño hermoso! —exclamó Harris.

—Es mi hijo —dijo la señora Weldon.

—¡Oh! Me imagino lo que usted habrá sufrido por él en medio de tanto desastre.

Dick, entretanto, reflexionaba en los peligros de tal viaje por el medio de la selva, y así se lo expresó a Harris.

—Sí, joven —respondió éste—, el viaje es algo largo, pero tengo aquí cerca un caballo que desde ya pongo a disposición de la señora y el niño. Por lo demás, cruzando la selva podemos acortar la distancia en casi ciento treinta kilómetros. Lo único que no puedo ofrecerle son víveres, pues traigo lo estrictamente necesario para una persona.

—Por fortuna, nosotros logramos salvar bastantes alimentos —acotó la señora Weldon—, de modo que en ese sentido no habrá problemas.

—Entonces, señora, creo que lo único que nos resta por hacer es partir. —Y ya iba a recoger su caballo, cuando Dick lo detuvo:

—Señor Harris, distancia por distancia, ¿no podríamos hacer el recorrido siguiendo la costa, sin necesidad de internarnos en la selva?

—Por la costa no hallaríamos ciudades antes de seiscientos kilómetros.

—Pero ¿no pasan los barcos cerca de la costa?

—No, y la prueba está en que ustedes no han visto ninguno. Pasan muy alejados.

—Sólo desearía hacer una pregunta al señor Harris —dijo el grumete—. ¿En qué puerto cree que podremos encontrar alguna nave que nos lleve a San Francisco?

—No sabría decírselo, joven; lo que les prometo es que en la estancia de mi hermano les proporcionaremos todos los medios para llegar a Atacama. Desde allí...

—Señor Harris —se interpuso la señora Weldon—, no piense que Dick rechaza su ofrecimiento.

—Por supuesto que no, señora —se apresuró a decir el joven—. Pero de veras lamento no ir por la costa hasta dar con algún puerto. —Dick no quiso poner más objeciones por temor de molestar a la señora Weldon. Luego preguntó:
—¿Cuándo partimos, señor Harris?

—Hoy mismo. Es mejor, antes de que llegue la estación de las lluvias y los senderos se tornen intransitables. Dado que, según los cálculos, sólo se trataría de diez días de marcha, los preparativos se hicieron rápidamente. Bastaba con llevar sólo lo necesario para llegar a la estancia.

Entretanto, Dick acompañó a Harris a buscar el caballo. En el camino, el joven le lanzó a boca de jarro una pregunta que Harris no podía esperar:

—Señor Harris, ¿no se habrá encontrado usted anoche con un portugués llamado Negoro?

—¿Negoro? ¿Quién es Negoro? —preguntó a su vez Harris con tono de sorpresa.

—Era el cocinero del barco. Se salvó con todos, pero por la noche nos abandonó.

—No lo encontré, joven. Quizá se haya extraviado por la selva; incluso, es posible que lo hallemos en el camino.

—Sí..., puede ser —respondió el grumete, dubitativo.

Ya en la gruta, cada uno recogió su parte de cargamento y emprendieron el viaje. La señora Weldon montaba el caballo de Harris y el pequeño Jack, colocado delante de ella, manejaba las riendas del animal sintiéndose un auténtico jinete.

•

capítulo 13

EN CAMINO

Dick Sand penetró en la selva con cierta aprensión. No así la señora Weldon, quien se internó confiada en la bondad de la región y en la seguridad de Harris.

Al frente del grupo iban Dick y Harris, ambos armados, el primero con un fusil y el segundo con un rémington.

Los seguían Bat y Austin con un fusil y un cuchillo cada uno.

Detrás de ellos, la señora Weldon y Jack, montados a caballo, seguidos por Nam y Tom. Cerraban la caravana Acteón y Hércules, este último armado con un hacha.

Dingo iba de un lado a otro inquieto, con esa inquietud de quien busca algo por instinto y que hizo notar, apenas el naufragio los arrojó a aquella tierra.

Más que caminar por un sendero, aquello era avanzar sobre las huellas que los animales habían abierto en la selva. Avanzar así bajo la profundidad de los árboles había sido un acierto pues el sol, que caía a plomo, habría impedido seguir en descampado.

La mayor parte de aquellos árboles eran desconocidos para los viajeros y, mientras avanzaban, Dick interrogaba a Harris sobre ellos.

—Usted nunca estuvo en la costa de América del Sur —constató Harris antes de responderle.

—Nunca, ni en Colombia, ni en Chile, ni en las costas patagónicas.

—Tampoco yo —acotó la señora Weldon.

—Entonces, señora Weldon —prosiguió Harris—, verán ustedes algo único que en nada se parece a las regiones del Perú, Brasil o la Argentina. —Y seguro de que ninguno conocía aquellos árboles, Harris comenzó a nombrarlos con entusiasmo.

A Dick le sorprendía no encontrar el famoso árbol del caucho, y Harris le aseguró que en la estancia de su hermano los hallaría en abundancia. En cambio les hizo probar el sabroso mango, que todos saborearon, especialmente Jack. Antes del atardecer habían recorrido más de doce kilómetros con relativa comodidad y decidieron acampar en las alturas a las que habían arribado.

Bajo un enorme mango, de amplias y tupidas ramas, se aprestaron a descansar. No bien se refugiaron en él, un inmenso griterío de papagayos que se encontraban allí estalló por doquier.

Dick apuntó su arma para espantarlos, pero Harris lo contuvo con la excusa de que un tiro, en aquella soledad, podía delatarlos.

Terminaban de cenar cuando las sombras de la noche comenzaron a cubrirlo todo.

—Podríamos encender una hoguera para pasar la noche —propuso Dick.

—¿Con qué fin? —replicó Harris. No hace frío y la copa del mango nos preservará de la humedad. Por lo demás, ya le dije: es mejor no ser vistos ni oídos.

—Estoy de acuerdo en que no tenemos que temer a los indios —dijo la señora Weldon—, pero ¿no cree que el fuego ayudaría a alejar a los animales peligrosos?

—No, señora Weldon, no tema—acotó Harris—. Aquí los animales no hacen ningún daño y más bien son ellos quienes se asustan de los hombres.

—Pero en el bosque siempre hay animales salvajes —objetó el pequeño Jack.

—Mira, pequeño, los indios dicen que este país es un paraíso, y en realidad es un verdadero paraíso terrenal.

—¡Entonces hay serpientes! —se alarmó el niño.

—No, querido —intervino su madre—, no hay serpientes. Duerme seguro y tranquilo.

—¿Y leones? —insistió Jack.

—Ni pensarlo —rió Harris.

—¿Y tigres?

—Tampoco. Pregúntale a tu mamá si es así o no.

—Claro que no hay tigres, querido.

—Bueno, no habrá tigres ni leones —intervino el primo Benedicto—, pero sí hay jaguares, por ejemplo.

—¡Bah! —exclamó Harris—, ni siquiera los indios les temen a esos animales; menos nosotros, que estamos armados. Hércules solo sería capaz de aplastar un jaguar con cada mano.

—Entonces, Hércules, tu vigilarás para que no nos muerdan —suplicó Jack.

—Seré yo el que muerda a ese animal —le aseguró Hércules, y mostró al niño sus enormes dientes.

—Sí, Hércules, usted vigilará —dijo Dick—, y sus compañeros y yo nos turnaremos para reemplazarlo.

—No, señor Dick —exclamó Acteón—, usted debe descansar toda la noche. Nosotros nos arreglaremos solos.

—Gracias, pero es mi deber...

—¡No, Dick! —intervino la señora Weldon—. Deja que esta buena gente vigile por ti.

—Yo también quiero vigilar —suplicó Jack, con los ojitos casi cerrados de sueño.

—Sí, Jack, sí. También tú vigilarás —lo consoló su madre.

—Porque no habrá leones o tigres en el bosque, pero estoy seguro de que hay lobos —insistió el pequeño.

—No, Jack, no hay lobos —le respondió el americano—; apenas unos zorros, o mejor, una especie de perros del bosque llamados guaras, a los que Dingo se comería de un solo bocado.

El niño no pudo continuar la discusión, pues acababa de dormirse plácidamente en brazos de Nam. La señora Weldon lo besó y sus cansados ojos se cerraron también enseguida. En medio del silencio, sólo el gigante Hércules mantenía los suyos abiertos y los oídos atentos.

•

capítulo 14

UNA LARGA CAMINATA

Dick y sus compañeros se despertaron con las primeras luces del día, tras el reparador descanso de una noche sin incidentes.

A las siete de la mañana todos, en el mismo orden de la víspera, reiniciaron su marcha hacia el este.

La selva continuaba con su húmeda frescura y su lujuriosa vegetación. A Dick esto lo sorprendía mucho, pues Harris había dicho que había pampas en aquella región. Pero la pampa —él lo había leído con frecuencia— se caracterizaba precisamente por la ausencia de selvas y la escasez de agua. Cardos, arbustos bajos y malezas la poblaban por doquier.

Harris, a quien el joven expuso su desconcierto, le explicó que, de hecho, la pampa verdadera era como la que describían los libros, pero que ésta era una excepción que a él mismo sorprendía, ya que la recorría por primera vez. En cuanto a la pampa verdadera se hallaba detrás de la cordillera, que ellos de ningún modo cruzarían, pues la estancia a la que se dirigían quedaba de este lado.

—¿Y no tiene miedo de perderse en estos bosques que atraviesa por primera vez? —preguntó el grumete.

—No, amigo. En los bosques yo me oriento con sólo mirar la disposición de ciertos árboles, la dirección de las hojas, la composición del suelo y mil pequeños detalles que a usted le pasan inadvertidos. Esté tranquilo, que los llevaré a todos al sitio adonde deben ir.

Los días 8, 9, 10, 11 y 12 de abril no ofrecieron mayores variantes. El promedio de recorrido era de doce o trece kilómetros por día y la salud de todos era excelente.

El pequeño Jack era quien daba ya algunas muestras de fatiga. Lo carcomía sobre todo la desilusión, pues no había visto ni el caucho, ni los colibríes ni los papagayos de vistosos plumajes prometidos.

Tampoco el primo Benedicto, a quien ahora se le permitía correr un poco más tras los bichos, estaba del todo satisfecho.

Durante cuatro días continuó aún la marcha

hacia el noreste. Por lo tanto, el 16 de abril habían recorrido, según lo calculado, unos ciento cincuenta kilómetros y debían estar ya a escasas cuarenta y ocho horas del término de su viaje.

Lo que más sorprendía a Dick era la total ausencia de indígenas y el progresivo aumento de bestias.

A veces se oían gritos extraños, que Harris se apresuraba a identificar como de tal o cual animal.

Durante el reposo del mediodía del 16 se oyó un extraño silbido.

—¿Qué es eso? —preguntó la señora Weldon, asustada y poniéndose de pie.

—¡Una serpiente! —gritó Dick, colocándose con su arma entre el supuesto reptil y la señora Weldon.

—No se asusten, por favor —intervino Harris—, no es un silbido de serpiente sino de unos cuadrúpedos que abundan por aquí. Procuren no hacer ningún movimiento, pues los espantarían.

—¿De qué animales se trata? —inquirió Dick.

—Antílopes.

—Yo quiero verlos —suplicó Jack.

—Es muy difícil; se espantan y huyen enseguida.

—Sin embargo, podríamos acercarnos algo a esos antílopes que silban —replicó Dick.

—Le aconsejo que no los espante, joven.

Sin embargo, Dick tenía sus dudas, y con el fusil preparado se deslizó entre el pasto. De inmediato una docena de gacelas de piel roja huyó despavorida.

—Se lo previne —le dijo Harris cuando regresó.

Si alguna duda quedaba acerca de que aquellos animales fueran antílopes o gacelas, poco más tarde un nuevo hecho provocó una discusión entre Harris y varios del grupo.

Hacia las cuatro de la tarde, cuatro o cinco animales de gran tamaño aparecieron en un claro del bosque y huyeron precipitadamente.

Dick, pese a las recomendaciones de Harris, apuntó con su arma. El brazo de Harris desvió el disparo.

—¡No dispare! —ordenó el americano.

—¡Pero si son jirafas! —replicó el grumete.

—Jirafas —gritó entusiasmado Jack.

—Jirafas —dijo la señora Weldon, pensativa—. Dick, en América no hay jirafas.

—Así es, aquí no puede haber jirafas —se sorprendió Harris—. No sé qué pensar. ¿No lo habrá engañado su vista? ¿No serían avestruces?

—¿Avestruces? —preguntaron al unísono el grumete y la señora Weldon.

—Sí, sí, avestruces —insistió Harris.

—Pero las avestruces no tienen cuatro patas —razonó Dick.

—Claro que no, joven —admitió Harris—, pero a mí me pareció que esos animales sólo tenían dos.

—¿Dos patas? —preguntó Dick.

—Sin embargo —intervino la señora Weldon, y junto con ella los otros del grupo—, me pareció que tenían cuatro patas.

—No, mis amigos, quizá la rapidez con que huyeron les produjo esa impresión. Eso es muy frecuente y les sucede incluso a los mejores cazadores. Además, en América del Sur no hay jirafas.

La explicación de Harris parecía plausible; sin embargo, la duda se acrecentaba en el joven capitán.

Al día siguiente reanudaron la marcha y el americano anunció que en veinticuatro horas estarían en San Félix.

—Gracias a Dios —exclamó la señora Weldon—. No tanto por mí como por Jack, a quien durante ciertas horas le sube la fiebre.

—Sí —afirmó Harris—, el clima aquí es sano, pero en estos meses suele atacar la fiebre.

—Bueno, pero aquí la naturaleza ha puesto el remedio a mano, ¿no es así, señor Harris? —preguntó Dick.

—¿Cuál, joven?

—Los quinos. Me extraña no haber visto ninguno.

—No es fácil distinguirlos. De todos modos, señora —prosiguió Harris—, en la estancia hay mucho sulfato de quinina, que es más eficaz.

Era, según los cálculos, el último día de viaje. Al llegar la noche acamparon, aunque debían estar a apenas diez kilómetros de la meta.

Como de costumbre, se hizo la guardia, pero una sospecha cada vez más profunda impedía dormir a Dick.

Todos los demás descansaban, cuando un tremendo grito los sacudió.

—¿Qué pasa? —se alarmó Dick—. ¿Quién gritó?

—Yo —contestó el primo Benedicto—. Me mordió un insecto.

—Bueno, mate a ese insecto y déjenos dormir —le gritó Harris.

—Jamás lo mataré sin ver qué es. ¡Ah, no! Es una mosca, una mosca muy curiosa ¡Ah, qué dicha! ¡Valía la pena este viaje para conseguir esto!

—Pero ¿qué es? —preguntó la señora Weldon.

—Un díptero, querida prima, un famoso díptero.

Y mostró una mosca más pequeña que una abeja, de color opaco y con rayas amarillas en la parte inferior.

—¿Pero qué diablos es? ¿Nos lo dirá de una vez? —preguntó Dick.

—Esta mosca que tengo aquí es una tsetsé y jamás se había encontrado en América sino en otro país. Dick no se atrevió a preguntarle cuál era ese otro país, pero aunque los demás reanudaron el sueño, él ya no descansó en toda la noche.

•

capítulo 15

UNA PALABRA ESPANTOSA

Ya estaban próximos a llegar. La señora Weldon se hallaba extenuada. La fiebre y la palidez que se sucedían en su hijo oprimían constantemente su corazón.

Sí, ya iban a llegar. Según Harris, por la noche de aquel día 18 estarían en San Félix.

Dick y sus compañeros habían soportado bastante bien aquellos doce días de viaje. A Harris el trayecto no parecía haberle hecho mella, pero Dick creía notarlo cada vez más preocupado, más huidizo, menos sincero. Sin embargo, ¿qué interés podía tener el guía en engañarlos? Dick veía que no había respuesta lógica para esa pregunta. Con todo, decidió vigilarlo más que nunca.

Dos hechos llamaron su atención.

Dingo, que durante los días anteriores parecía seguir una pista, cambió de improviso. Sus aullidos lastimeros se tornaron furiosos ladridos, como los que dirigía a Negoro en el *Pilgrim*.

La misma observación y sospecha tuvo Tom y la comunicó al grumete.

—Se diría que olfatea a lo lejos a alguien —le dijo.

—A Negoro, ¿no? —preguntó—. Hablemos en voz baja, por favor.

—Sí, a Negoro, que quizá nos ha venido siguiendo.

—Sí, Tom; y me parece que anda cerca...

—Pero... ¿con qué fin? —preguntó Tom.

—No sé. O Negoro nunca ha estado aquí y nos sigue para no perderse, o ya conoce la región.

—¿Cómo puede conocerla si nunca ha venido antes?

—No sé si no estuvo nunca antes, pero lo cierto es que Dingo actúa como si ese hombre anduviera por aquí.

Llamó al animal y le dijo:

—¡Negoro! ¡Negoro!

La respuesta de Dingo fue un furioso ladrido.

—¿Qué pasa con el perro? —preguntó Harris.

—¡Oh! Nada importante —respondió Dick—. Sólo le pedimos noticias del portugués que huyó.

—¿Ese portugués de quien usted me habló? ¿Pero cómo pudo llegar hasta aquí si nunca ha estado antes, que yo sepa?

—A lo mejor estuvo y lo ocultó. Y si llegó hasta aquí, sabrá ir más lejos. Es un hombre que sabe lo que hace y lo que quiere. ¡Vamos, Dingo, cállate! —dijo Dick, cortante, para dar por terminada la conversación.

La segunda cosa que llamó la atención del joven grumete fue el caballo de Harris. En efecto, no olfateaba el aire, ni apresuraba el trote como hacen los animales que llegan a un sitio muy conocido. Por el contrario, seguía con la misma parsimonia e indiferencia. Y si el caballo no olía la cuadra, tampoco se notaban, estando tan cerca, señales de la gran estancia.

Lo mismo advirtió la señora Weldon, quien además observó a Harris preocupado por algo.

A eso de las seis de la tarde llegaron a un sitio por donde parecían haber pasado muchos animales. Dick observó a su alrededor y notó ramas arrancadas o rotas y el pasto pisoteado por enormes huellas. Era evidente que aquellas marcas sólo podían haber sido hechas por elefantes. ¿Pero acaso había elefantes en el Nuevo Mundo? Todo hacía suponer que aquellas huellas no podían ser de paquidermos. Sin embargo, Dick se guardó en el corazón todo lo que pensaba y ni siquiera preguntó a Harris por el origen de aquellas señales. Sobre éste ya se había formado una opinión: era un traidor y sólo esperaba una oportunidad para desenmascararlo.

Sentía que esa ocasión estaba cerca. Sin embargo, ¿qué pretendería Harris? El joven sentía que su responsabilidad sobre todo el grupo era la misma que la que tenía sobre el *Pilgrim*. A toda costa debía salvar a sus compañeros. Sobre todo a la señora Weldon y al pequeño Jack. No quiso comunicar sus terribles sospechas a la mujer, para no agravar su ya dolorosa situación. Por eso calló inclusive cuando, al aproximarse antes que los demás a un río, vio a unos hipopótamos. ¡Hipopótamos en América! Hacia las siete de la tarde, el viejo Tom encontró un cuchillo de forma curva y mango de marfil y se lo entregó a Dick, quien, mostrándoselo al americano, dijo:

—Los indígenas deben de estar cerca.

—Así parece —respondió éste—. Sin embargo...

—¿Sin embargo qué? —lo apuró Dick.

—Que ya deberíamos estar cerca de la estancia. Tal vez, por querer acortar camino me he perdido.

—Puede ser —respondió Dick.

—Creo que debo seguir yo solo —dijo Harris.

—No, señor Harris —no nos separaremos.

—Como usted quiera. Pero durante la noche no podré guiarlos.

—No importa. Acamparemos y mañana seguiremos viaje.

En ese preciso instante, Dingo ladró con furia.

—Ven, Dingo. Ya sabes que no hay nadie y estamos en el desierto —le dijo el grumete.

Así, pues, se resolvió aquella última parada. Dick pensó acampar bajo un grupo de árboles, pero el viejo Tom lo detuvo.

—Mire, señor Dick. ¡Mire! ¡Ahí! ¡Ahí! En esos árboles... ¡Manchas de sangre! ¡Y... en el suelo... miembros mutilados!

Dick corrió junto a él y, reponiéndose, le pidió:

—¡Por favor, Tom, cállate! No digas nada a nadie.

Por suerte la señora Weldon no había visto aquel espantoso espectáculo. El rostro de Harris, separado de todos, tenía algo de cruel y feroz.

Dingo ladraba desesperado, mientras Tom, en presencia de aquellas horcas y de aquella carnicería sólo atinaba a decir:

—Yo, de niño, he visto estas horcas, sí, las he visto. —Y quizá, recordando su infancia, iba a hablar, pero Dick lo contuvo:

—Por la señora Weldon y por todos nosotros, cállate, Tom, por Dios. ¡No sigas!

—Y lo arrancó de aquel macabro despliegue.

Se eligió otro sitio y se dispusieron a pasar la noche. La inquietud y el terror se insinuaba en todos y la oscuridad de la noche acentuó aquella impresión de inminente tragedia.

Dick, Austin y Bat vigilaban juntos. Todo era silencio y quietud. Tom cavilaba con la cabeza inclinada. La señora Weldon sólo tenía ojos para su hijo enfermo. Benedicto, dormía, sin embargo, ajeno a todo. De repente, hacia las once, se oyó un ruido prolongado, grave y agudo a la vez.

Tom se puso de pie de un salto y Dick no pudo impedir que gritara:

—¡Es el león, el león!

Dick ya no pudo contenerse y se lanzó con el cuchillo hacia el sitio que ocupaba Harris, pero éste y su caballo habían desaparecido.

El muchacho se sintió temblar de furor. Aquello no era América, ni la isla de Pascua que él había creído ver era tal. La brújula lo había engañado. Arrastrado por la tempestad, debía haber dado vuelta al Cabo de Hornos, y del océano Pacífico había pasado al Atlántico.

El huracán había duplicado la velocidad de su bergantín. Por eso no había ni caucho, ni quino, ni ningún producto de Sudamérica.

¡Eran jirafas y elefantes! ¡Eran hipopótamos, lo que había visto! Era la tsetsé lo que había encontrado Benedicto, y era un león el que había rugido recientemente. Y las horcas aquellas eran las de un tratante de esclavos. Las manos cortadas eran manos de cautivos.

Harris y Negoro. Sí, debían de estar de acuerdo.

Entonces pronunció las trágicas palabras que desde hacía días daban vueltas en su cabeza.

—¡África! ¡África ecuatorial! ¡La de los tratantes y los esclavos!

No estaban, pues, en el benigno suelo de América. Y lo peor era que tampoco en la parte de África controlada por las autoridades portuguesas, sino en el cruce mismo de las caravanas de esclavos.

Dick no sabía mucho sobre esa región, pero, por los misioneros y en especial por boca de Livingstone, que había dedicado su vida a explorar el suelo Áfricano, estaba enterado de los crímenes que se realizaban para poder llevar a cabo el vergonzoso comercio humano.

SEGUNDA
PARTE

•

HARRIS Y NEGORO

En el día que sucedió al de la horrible revelación, dos hombres conversaban bastante cerca de Dick y los suyos. Eran Harris y Negoro.

—¿De modo que no has podido meter más adentro al grumete y los suyos? —preguntó Negoro.

—No —respondió Harris—, y podemos darnos por contentos con haberlos alejado estos ciento cincuenta kilómetros de la costa, porque el joven Sand empezaba a sospechar de mí y los hechos podían confirmarle lo que estaba comenzando a adivinar.

—Con cien kilómetros más, los tendremos en nuestro poder. No creo que tengan la más mínima posibilidad de escapar.

—Jamás podrían... Y te repito que me habría sido imposible continuar con ellos. Ese Dick Sand me miraba con ganas de atravesarme con una bala y yo no tenía ningún interés en convertirme en colador.

—También yo tengo que ajustar cuentas con ese mocoso prepotente —gruñó Negoro.

—Y las ajustarás, amigo. Pero te aseguro que traté por todos los medios de que creyera que estaban en América del Sur. El grumete se mostraba cada vez más desconfiado y al final ese infeliz de Tom descubrió las horcas y oyó el rugido del león. ¿Qué querías que les dijera? ¿Que era el maullido de un gato? Me subí al caballo y aquí me tienes.

—Sí, te entiendo. Sólo que habría preferido que se internaran mucho más.

—Se hace lo que se puede. Tú estuviste acertado al mantenerte lejos, porque el perro Dingo no te aprecia demasiado. ¿Qué demonios le hiciste?

—Nada, pero en cuanto lo vea le voy a partir la cabeza de un balazo.

—Como te la habría partido Dick Sand a ti si te hubiera visto. El chico tira bien y es hábil.

—También él me las pagará —lo interrumpió Negoro con expresión feroz.

Callaron un momento y Harris preguntó:

—Negoro, cuando nos encontramos por casualidad cerca del sitio del naufragio me pediste que engañara a esa gente y los internara en la selva. No tuvimos tiempo de conversar antes, pero ahora dime: ¿qué has hecho durante los dos últimos años? Desde que te hiciste cargo de aquella caravana de Álvez, de la cual somos agentes, no he vuelto a saber de ti.

—Me denunciaron —contestó Negoro tras una ligera vacilación— y los portugueses me condenaron a vivir encerrado toda la vida en la cárcel de Loanda...

—¿Y cómo lograste salir?

—No habían pasado quince días, cuando conseguí ocultarme en la bodega de un barco inglés. Al llegar a tierra me preocupé tan sólo por retornar a Angola y seguir con el oficio de tratante.

—Es que uno extraña la profesión...

—Sí, durante dieciocho meses... —Negoro iba a seguir hablando, pero un ruido lo hizo callar de repente. Harris y él se pusieron bruscamente de pie y escucharon con atención.

—No es nada —aseguró Harris—; es el arroyo que ha crecido con las lluvias.

Se sentaron de nuevo y Negoro continuó la interrumpida conversación:

—Durante dieciocho meses tuve que estar en Auckland dedicado a todos los trabajos.

—¿Así que trabajaste también de hombre honrado? ¡No me digas!

—Sí, Harris. Luego conseguí meterme de cocinero en el *Pilgrim*. ¡Lo que me costó ocultar mis conocimientos de marinería!

—Pero... ¿ese barco no iba a Valparaíso? ¿Cómo vino a parar al África?

—Es lo mismo que se debe estar preguntando ese mocoso, Dick Sand. Quizás él jamás llegue a saberlo. A ti voy a explicártelo.

Narró a Harris las peripecias del viaje y la muerte del capitán Hull y los cinco marineros.

—Yo, que hasta ese momento me contentaba con llegar a Valparaíso como primer paso para ir a Angola, vi que aparecía ante mis ojos una oportunidad.

—¿Tomaste el mando del buque?

—No pude, porque Sand ya desconfiaba de mí. Sin embargo, como él sólo conocía el manejo de la corredera y de la brújula, los inutilicé y desvié la ruta. Cuando doblamos el Cabo de Hornos, enderecé la brújula y llegué hasta aquí. Ni el mejor marino habría podido hacer nada. ¿Qué iba a solucionar ese chiquilín? Lo único casual en todo esto ha sido nuestro encuentro en la costa. Ahora ya los tenemos bien lejos de ella.

—¿Qué piensas hacer con esa gente?

—Bueno, hay dos grupos. Algunos serán vendidos como esclavos, y los otros... En fin.

—Y terminó la frase con un gesto muy elocuente.

—¿A quiénes venderás? —preguntó Harris.

—A los negros. Tom es viejo y no darán mucho por él, pero por los otros, sí.

—¡Ya lo creo! Hércules debe de valer una enormidad. Ahora nos falta apoderarnos de esa mercadería.

—¿Resultará muy difícil? —se interesó Negoro.

—No. Cerca de aquí acampa una caravana conducida por Ibn Hamis, el árabe. Sólo me esperan a mí para seguir rumbo a Kazonndé. Tiene muchos soldados indígenas para capturar a todo el grupo. Bastará con que Sand se dirija hacia el Coanza.

—¿Crees que lo hará?

—No me cabe la menor duda. El chico es inteligente y sabe que podrá salir de la selva sólo si sigue un río que lo conduzca a la costa.

—¡Fantástico! —exclamó Negoro—. Hay que adelantarse a ellos. ¡Vamos ya!

En el momento en que se levantaban, se repitieron unos ruidos similares a los de la otra vez y se oyó un ladrido.

—¡Dingo! —gritó Harris.

—Esta vez lo mato —rugió Negoro.

En el momento en que el animal se abalanzaba sobre él, Negoro le apuntó con el fusil de Harris y le disparó una bala. Un terrible aullido de dolor siguió a la detonación y Dingo se perdió en medio del follaje.

—¡Al fin, maldito animal! —exclamó Negoro.

Harris, que había presenciado en silencio todo lo sucedido, quiso saber:

—¿Por qué te odia tanto ese animal, Negoro?

—¡Oh! Es una vieja historia.

—¿Una vieja historia? —insistió Harris.

Negoro se negó a seguir hablando y Harris quedó con la duda de que el portugués no le hubiera contado toda la verdad.

En silencio, uno al lado del otro, se encaminaron hacia el Coanza.

capítulo 2

UN CAMINO PENOSO

¡África! Ese nombre tan terrible en las circunstancias por las que pasaban no desaparecía de la mente de Dick Sand ni por un instante. Ahora se le aparecía claro por qué el *Pilgrim* había tardado tanto en divisar la costa, y veía con certeza que la mano de Negoro había intervenido para desviar el rumbo. ¿Qué pretendía ese hombre abominable, unido a Harris por quién sabe qué pactos? Ya no dudaba de que conspiraban. No le resultaba demasiado extraña la idea de que intentara vender como esclavos a Tom y los otros negros, incluso aceptaba la idea de que intentara vengarse de él.

Lo que más le preocupaba era averiguar las intenciones que tenía con respecto a la señora Weldon y Jack.

Mientras Dick cavilaba todas estas cosas,

comenzaba a amanecer. Se acercó al viejo Tom y, en voz baja para no despertar a los que dormían, dijo:

—Tom, usted oyó al león y vio las horcas. No puede ignorar que estamos en África.

—Por supuesto que no, señor Dick.

—Entonces, por favor, ni una sola palabra que pueda revelar la verdad a la señora Weldon o a los otros. Solos sobrellevaremos el peso de este terrible secreto e intentaremos salvar a todos. Sin embargo, para que estén sobreaviso, les diremos que Harris nos ha traicionado.

Dick contaba con que le quedaban a su favor algunas horas, ya que al darse cuenta de que había sido descubierto, Harris había huido. Para tramar el asalto, el hombre tendría que ponerse en contacto con Negoro.

Siguiendo el curso de algún río, trataría de llegar a la costa aprovechando esa ventaja. No se le ocultaba que el regreso por la selva era imposible de intentar por peligroso y difícil. El río que buscaba no debía estar muy lejos, pues cerca del sitio en que encalló el *Pilgrim* desembocaba uno. El plan de Dick era sumamente sencillo y apareció a los ojos del viejo Tom como sensato.

Con la luz del nuevo día comenzaron a despertarse todos los integrantes del grupo.

La señora Weldon notó enseguida la ausencia de Harris y preguntó a Dick adónde había ido.

—Harris ya no está con nosotros, señora.

—¿Ha querido adelantarse?

—No, señora Weldon. Se escapó. Es un traidor y está combinado con Negoro.

—Pero... ¿qué fin pueden tener?

—No tengo la menor idea, pero sí sé que debemos llegar a la costa lo antes posible.

—A Harris y a Negoro les romperé la cabeza golpeando la de uno con la del otro —rugió Hércules, acompañando sus palabras con un gesto de sus fornidos brazos.

—Dick, ¿estás seguro de que Harris es un traidor?

—Sí, señora —respondió el joven, que no quería que la señora supiera toda la crueldad que se cernía sobre ellos—. Tom y yo nos dimos cuenta anoche. Si no hubiera huido lo habríamos matado.

—Entonces... la estancia... y la aldea y todo lo demás, ¿no existen?

—No, señora. Tenemos que llegar cuanto antes a la costa. Pero es peligroso hacerlo por la selva. Tenemos que seguir el curso de un río. Eso, además, nos ayudará a ganar tiempo.

—Vamos, entonces —contestó decidida la mujer—. Yo iré a pie.

—Yo llevaré en brazos a Jack —dijo Hércules. Y sin esperar más lo tomó en sus brazos con tanta suavidad que el pequeño siguió durmiendo.

También el primo Benedicto se dispuso a partir de inmediato, aunque furioso porque había perdido sus instrumentos de trabajo: la lupa y los anteojos.

Lo que ignoraba era que Bat los había guardado por especial encargo de Dick. Así, el más ingenuo del grupo no crearía problemas inútiles a quienes ya tenían demasiados.

No bien iniciada la marcha, Tom se detuvo y preguntó:

—¿Y Dingo?

—Es cierto, Dingo no está —constató Hércules, y comenzó a llamarlo a gritos.

—Habrá seguido tras las huellas de Harris —aventuró Tom.

—Más bien me inclino a creer que ha olfateado a Negoro —opinó Dick—. De todos modos, ya nos buscará. Es un perro inteligente y a nosotros no nos conviene detenernos.

Los árboles y la vegetación eran singularmente hermosos, pero el calor era intenso y la humedad del ambiente anticipaba tormenta. Ya no estaban en selva cerrada y la variedad de árboles y flores era impresionante. En esa época proliferaban las fiebres, pero huyendo del sitio en que se ha contraído, queda la esperanza de una pronta mejoría. Dick tenía confianza en que sucediera eso con el pequeño Jack. Poco después comprobó que sus accesos periódicos no se repetían y que gozaba de un sueño apacible.

De inmediato se apresuró a comunicar a la angustiada madre la grata noticia.

Los animales y las aves también eran distintos en aquella zona. Estas últimas habrían podido hacer creer a Tom y a Dick que se encontraban en América, como pensaban todos los demás, pero desgraciadamente la verdad era muy distinta.

Hasta ese momento, las fieras temibles de África no se habían aproximado a los viajeros. Las jirafas huían al verlos y las polvaredas que levantaban los búfalos se veían lejanas.

Durante más o menos tres kilómetros, Dick siguió la corriente de un arroyo que suponía debía volcar sus aguas en algún río mayor. Ansiaba encontrarlo pronto para ver renacer el ánimo de sus compañeros.

Hasta el mediodía no hubo encuentros desagradables. No había huellas de Harris ni de Negoro. Lamentablemente, tampoco de Dingo.

Decidieron, pues, acampar en medio de los espesos bambúes, a fin de tomar alimento y recobrar fuerzas. Durante la comida hablaron poco. La señora Weldon, con su hijito en brazos, no quiso probar bocado.

—Señora Weldon —suplicó Dick—, coma algo. ¿Qué será de usted si le fallan las fuerzas? Verá qué pronto encontraremos un río que nos llevará a la costa sin problemas.

Ella miraba de frente al grumete, cuyos ojos ardientes y decididos le infundían ánimo. No entraba en sus intenciones desesperarse y, sin embargo, por momentos su voluntad flaqueaba. Tenía que sobreponerse. ¿Acaso no estaban en el hospitalario territorio americano?

Dick adivinaba estos pensamientos y sentía que el corazón se le estrujaba de dolor.

capítulo 3

LOS PÉSIMOS CAMINOS DE ANGOLA

En ese momento Jack se despertó y abrazó a su madre. Su aspecto había mejorado y la fiebre no había vuelto. Le acercaron agua fresca y la bebió con gran satisfacción.

—¿Y mi amigo Dick? —preguntó.

—Aquí estoy, Jack —contestó el aludido acariciando su mano.

—¿Y mi amigo Hércules?

—Aquí estoy, señor Jack —se acercó el gigante.

—¿Y mi caballo?

—El caballo se fue, señor Jack —le explicó Hércules—. Ahora yo soy su caballo y, si quiere, me puede poner riendas y freno.

—¿Falta mucho para la estancia del señor Harris?

—Pronto llegaremos, hijito, muy pronto —respondió su madre.

—¿Podemos reiniciar la marcha, señora? —preguntó Dick a fin de cortar esa conversación que sin duda debía ser dolorosa para la señora.

—Sí, Dick, cuando tú dispongas. Se reanudó la marcha, y los dos primeros kilómetros se convirtieron en una de las etapas más agotadoras del camino debido a las malezas y enredaderas. Por suerte luego se vio un orificio, semejante a un túnel hecho por los elefantes, que pasaban en manadas por el lugar. Al penetrar en él vieron que también habían sido conducidos por allí rebaños humanos. Diseminados por todo alrededor se veían los esqueletos, que en algunos casos mostraban aún las cadenas de la esclavitud.

En todo el territorio del África Central hay caminos así, cubiertos de restos humanos. Los negros hacen kilómetros y kilómetros a pie bajo el impío látigo del tratante, casi sin probar alimento y castigados por el hambre y las enfermedades.

Durante el camino, Dick comprobó que por allí mismo había pasado muy poco tiempo antes una caravana de esclavos.

La señora Weldon miraba todo casi sin comprender y se abrazaba a su hijo como buscando refugio.

Dick temblaba de sólo pensar en lo que ocurriría si alguno de ellos empezaba a preguntar el motivo de todos aquellos huesos. Sólo Tom y él conocían la explicación, y era mejor que por el momento siguiera siendo así.

Decidido a encontrar el río, Dick abandonó el túnel y, siguiendo la dirección del arroyo, se internó con sus compañeros en la maleza.

Hacia las tres de la tarde el panorama cambió totalmente. Una amplia llanura se extendía ante sus ojos. Sin embargo, el suelo comenzaba a ponerse húmedo y, a medida que avanzaban, cada vez más pantanoso.

Dick recordó entonces que, en varias oportunidades, Livingstone había estado a punto de perecer hundido en aquellas ciénagas.

—Cuidado, amigos —dijo—. Hay que reconocer bien el suelo antes de poner el pie en él.

—Así es —aseveró Tom—. Parecería que estas tierras están empapadas de agua, aunque últimamente no ha llovido.

—No —asintió Bat—. Sin embargo, creo que la tormenta está próxima.

—Con mayor razón —advirtió Dick—. Tenemos que cruzar ese pantano antes de que llueva. Hércules, usted lleve en brazos a Jack. Que Bat y Austin protejan el paso de la señora Weldon, y usted, señor Benedicto... Pero... ¿qué hace?

—Ya lo ve... Caerme —contestó, al tiempo

que se hundía en una trampa. Lo sacaron de allí y continuó el avance. Pero iban muy despacio porque las piernas se hundían en el lodo. Para evitar más sufrimientos a la señora Weldon, decidieron finalmente hacer una litera de bambú. Bat y Austin la transportaron en ella llevando al niño en brazos.

Sólo a las cinco de la tarde dejaron atrás el pantano, pero el suelo seguía húmedo y revelaba que por su interior corrían ríos subterráneos.

El calor se fue haciendo más intenso y unas nubecitas que cubrieron el sol permitieron que no se les hiciera insoportable. A lo lejos, relámpagos y truenos denunciaban la tormenta que se avecinaba.

En África estas tormentas constituyen verdaderos cataclismos. Dick lo sabía y su preocupación fue entonces encontrar un refugio. Pero ¿qué refugio podía brindar aquel desierto sin árboles ni matorrales? El agua, en esos terrenos, no podía estar a más de medio metro de profundidad.

Sin embargo, hacia el norte, unas colinas parecían marcar el fin de la llanura. Aquello tampoco podía ofrecer un refugio mucho más seguro, pero por lo menos no serían arrasados por la corriente.

Había que llegar hasta allí. Tal vez en esas alturas estuviera su salvación.

—¡Pronto, amigos, adelante! —los animaba Dick—. Unos kilómetros más y estaremos más seguros que aquí.

—¡Ánimo! ¡Ánimo! —gritaba Hércules, que hubiera deseado transportarlos a todos sobre sus hombros.

Cuando se desencadenó la tormenta, restaban aún tres kilómetros por hacer. La lluvia, sin embargo, no sobrevino de inmediato. Primero aparecieron los relámpagos, que cruzaban el cielo en forma de verdaderas telarañas. Más de una vez estuvieron a punto de ser alcanzados por los rayos. El pequeño Jack, asustado, buscaba amparo entre los brazos de Hércules.

La lluvia ya estaba por caer y Dick se angustiaba al ver que no había ningún refugio cerca. Un relámpago impresionante iluminó toda la llanura, y Dick y Tom alcanzaron a distinguir algo que parecía un campamento indígena. Esperaron un nuevo relámpago y vieron unas tiendas cónicas alineadas simétricamente. No se veía ningún centinela. Quizás estuvieran abandonadas.

—Iré a ver qué hay allí —anunció Dick—. Quédense aquí y que nadie me siga. Quiero hacerlo solo.

Y el joven desapareció entre la bruma.

—¿Qué sucede? —preguntó la señora Weldon.

—Que hemos visto un campamento, o quizás

una aldea —respondió Tom—. El capitán quiso averiguar de qué se trata para llevarnos hasta allá.

Tres minutos después, el joven estaba de vuelta.

—¡Vengan, vengan pronto! —gritó entusiasmado—. No es un campamento ni una aldea sino unos hormigueros.

—¡Hormigueros! —exclamó el primo Benedicto sacudido por el anuncio.

—Sí, señor, pero son hormigueros de unos tres o cuatro metros de alto, en los cuales podremos guarecernos.

—Bueno, se tratará de termitas bélicas o de termitas devoradoras. Sólo esos geniales bichos levantan semejantes ciudades.

—Sean lo que fueren, las desalojaremos —afirmó Dick.

—Nos devorarán y lo harán con razón, porque será en defensa propia —señaló el primo Benedicto.

—¡Adelante! —gritó impaciente el joven capitán, temeroso de que la señora Weldon escuchara los comentarios de su primo.

El viento furioso y la lluvia no permitían un minuto de demora. Habría que echar de allá a las hormigas o resignarse a compartir con ellas el refugio. Al llegar a uno de aquellos conos, Hércules abrió un hueco con su cuchillo por el que pudo pasar. Lo siguieron los demás y, con gran sorpresa del primo Benedicto, vieron que no había dentro ni una sola hormiga.

Ya no había que temer a la tempestad. Aquel refugio era más sólido que una carpa o una choza.

•

capítulo 4

QUÉ PASA CON LAS HORMIGAS

En ese momento la tormenta se desencadenó con furia. Más que gotas de lluvia, lo que se precipitaba desde el cielo era una verdadera catarata. Por suerte el hormiguero tenía paredes gruesas e impermeables.

Ya en su interior, Dick y sus compañeros, con una linterna, reconocieron el lugar. El cono, por dentro, medía más o menos unos tres metros y medio de alto por tres de ancho. En su parte superior se cerraba como una cúpula y las paredes, de treinta centímetros de espesor, mostraban las celdas ubicadas en diferentes pisos. La construcción estaba realizada en arcilla roja, lo que probaba que era obra de termitas belicosas.

La pared central del cono apenas podía dar cabida al grupo de refugiados, pero las amplias cavidades de las celdas permitían que cada uno se ubicara cómodamente en una de ellas.

Para que el lector se pueda dar una idea de cómo era el refugio, diremos que se asemejaba a una serie de cajones abiertos y superpuestos. En los más altos se acomodaron la señora Weldon, Jack, Nam y el primo Benedicto. En los de abajo, Austin, Bat y Acteón. Dick, Tom y Hércules permanecieron en la base.

—El suelo comienza a empaparse —dijo Dick—. Hay que emparejarlo con arcilla de la base, pero cuidando de no tapar el agujero por donde nos entra el aire que respiramos.

—De todos modos sólo pasaremos aquí una noche —reflexionó el viejo Tom.

—El refugio es bueno y será mejor no abandonarlo hasta que yo no haya encontrado el río que nos conduzca a la costa —contestó el joven capitán.

Lo que más sorprendía al primo Benedicto era que el hormiguero estuviese abandonado. Descendió de su cajón y, con ayuda de su linterna, registró los rincones más ocultos del cono hasta descubrir el almacén de la colonia, o sea el sitio en que las hormigas acumulan sus provisiones. Después de analizarlas, exclamó:

—Este hormiguero ha sido abandonado hace muy poco tiempo.

—¿Quién ha dicho lo contrario? —replicó Dick—. Lo que importa ahora es que ellas no están en el refugio y nosotros sí.

—Importa saber por qué se han ido —insistió el primo Benedicto—. Hoy mismo, quizá, los neurópteros estaban aquí, como pueden ver por los jugos, y esta noche...

—¿Esta noche, qué? —se impacientó Dick.

—Algún presentimiento impulsó a las hormigas a abandonar su casa. No sólo no han quedado termitas sino que se llevaron hasta las larvas jóvenes. Esto tiene que tener una causa. Es posible que estos insectos, que son tan instintivos hayan adivinado algún peligro.

—Temían nuestra invasión —dijo Hércules riendo.

—¿De veras cree que usted habría significado un peligro para ellas? —refutó el primo Benedicto—. Bastarían algunos miles para dejarlo con los huesos al aire. Vivo o muerto, estos insectos pueden comerle hasta el último trocito de carne.

Al oírlo, Dick, que sabía que los conocimientos del primo Benedicto eran notables, empezó a temer que hubieran caído en una trampa mortal.

No hallando explicación que dar, dijo:

—Bien, señor Benedicto. Nosotros también tenemos nuestras propias provisiones y lo mejor será que cenemos. Mañana veremos qué es lo que conviene hacer.

Entusiasmados, prepararon la comida y con verdadero apetito se lanzaron sobre ella. Sólo la señora Weldon no probó bocado y a Dick le pareció verla más preocupada que nunca, pese a que Jack mejoraba rápidamente.

En cuanto al primo Benedicto, más que de la comida se ocupó de las termitas y aprovechó la ocasión para dar una conferencia sobre ellas a sus amigos.

Dick, que lo escuchaba atentamente, se preguntaba si habría caído ya en la cuenta de que estaban en África.

—Las termitas que construyeron este hormiguero son las belicosas y las de mayores proporciones —declaró Benedicto.

Entre estos insectos hay obreros de cinco milímetros de largo, soldados de diez, y machos y hembras de veinte; también existe una curiosa especie, la de los sirafúes, que miden media pulgada de largo. Tienen tenazas por mandíbulas y su cabeza es mayor que su cuerpo, como la de los tiburones. Constituyen los tiburones de los insectos.

—¿Y dónde se encuentran esos sirafúes? —preguntó Dick.

—En África, en las provincias del centro y en las meridionales.

—Pero aquí no estamos en África —se apresuró a decir Tom.

—Claro que no, y éste es mi segundo gran descubrimiento en América: primero una tsetsé y ahora las termitas belicosas.

Ni el primo Benedicto ni los otros compañeros pues, habían caído en la cuenta de que estaban en África. El sabio seguía disertando, pero todos sus oyentes se habían ido quedando dormidos.

Dick Sand no dormía, pero, sumido en sus propias meditaciones, tampoco lo oía. Reflexionaba en todo lo sucedido y en los peligros futuros. Era evidente que Negoro y Harris tramaban capturarlos a todos. ¿Por qué en el *Pilgrim* no habría acabado con el maldito portugués?

Por suerte —se decía— la señora Weldon ignora dónde nos encontramos. Sólo Tom y yo lo sabemos.

Estaba completamente abstraído, cuando una mano se apoyó en su hombro y una voz emocionada le susurró al oído:

—Lo sé todo, mi pobre Dick, pero la voluntad de Dios aún puede salvarnos. ¡Hágase entonces su voluntad!

Era la señora Weldon.

•

LA CAMPANA DE BUZO

Ante esa revelación inesperada Dick no supo qué responder. Tampoco hizo falta, ya que la señora Weldon no le dio tiempo, pues retornó de inmediato junto a su hijo.

Los diversos incidentes habían ido revelando gradualmente a la intrépida mujer la cruel verdad.

—Tal vez sea mejor así —pensó el joven grumete—; tampoco yo perderé las esperanzas.

Pese al deseo de Dick de que llegara el día, éste aún no se hacía presente. La oscuridad era total y la lluvia se prolongaba, pero las gotas no parecían ya golpear el duro suelo, lo que significaba que la llanura ya estaba inundada.

Hacia las once de la noche, el muchacho quiso investigar bien el estado del refugio, pues temía que el borde del boquete cediera y lo cerrase, dejándolos sin aire para respirar. El piso, sin embargo, estaba seco y el orificio completamente libre. Por precaución decidió dormir junto al boquete, a fin de despertarse a la más mínima señal de peligro. Poco después sintió una terrible impresión de frío. Se levantó y constató con preocupación que el agua invadía el hormiguero a tanta velocidad que pronto llegaría a la altura en que se encontraban Tom y Hércules. Estos se despertaron y se oyó que la señora Weldon preguntaba:

—¿Qué sucede, Tom?

—No es nada, señora. Se inundó la parte inferior del hormiguero. Seguramente el río que tanto buscamos está cerca y ha desbordado. El agua no la alcanzará ni a usted ni a los suyos.

—¿El agua entró por el orificio? —preguntó Tom.

—Sí. Y ahora nos impide la entrada de aire.

—¿Y no podríamos abrir un agujero más arriba?

—Sí. Pero afuera el agua debe de estar más arriba que aquí. Si abrimos un agujero, el agua seguirá subiendo hasta alcanzar el nivel exterior o hasta que el aire vuelva a comprimirse como ahora, impidiendo que suba. Estamos encerrados en una cosa parecida a la campana de un buzo. Pero en la nuestra el aire no se renueva y nos amenaza el peligro de asfixia.

El hormiguero no corría mayor peligro de ser arrasado, pues estaba sólidamente prendido a la base. El único riesgo serio consistía en que la tempestad se prolongara demasiado, porque entonces el agua terminaría por sumergir al cono y ellos quedarían adentro, asfixiados.

Eran las tres de la madrugada. Todos permanecían a la expectativa de lo que decidiera el grumete. Urgía hacer algo, pues el nivel del agua comenzaba a subir.

—Señor Dick —dijo Bat—, ¿me permite salir buceando para ver lo que pasa ahí afuera? Conviene que usted permanezca junto a la señora Weldon y su hijo.

—Vaya —decidió Dick—, puede salir. Si ve que el hormiguero ya está sumergido, no regrese, nosotros lo seguiremos. En caso contrario, golpee con el hacha en la pared. Ésa será la señal para que comencemos a derrumbarlo.

El negro aspiró lentamente y se sumergió. Su tardanza empezaba a preocupar a Dick, cuando reapareció diciendo que el orificio de salida no existía más. La arcilla, desleída, debía de haberlo tapado.

—Si el agujero ya no existe —opinó Hércules— sería conveniente abrir otro.

—Hay un problema —replicó el joven capitán—. Tenemos que averiguar si el agua cubre ya

todo el cono o no. Si abrimos un agujero pequeño en el vértice nos enteraremos, pero corremos
el riesgo de que el agua lo invada por completo si
ya está cubierto. Debemos proceder al tanteo: ir
agujereando y tapando gradualmente según vea-
mos si el agua llega hasta allí o sobrepasa la
abertura. Si entra aire por ella, será señal de que
el agua no ha alcanzado aún esa altura. Si pe-
netra, debemos taparlo de inmediato. Cada
perforación la iremos haciendo un poco más arriba.

Dick impartió las instrucciones y luego calló.
El terror le invadía el alma. ¿Qué harían si al llegar
a la cúspide descubrían que estaban totalmente
sumergidos? En ese caso los aguardaba una
muerte segura, ya fuera por inmersión o por
asfixia.

De cualquier modo no podían esperar más.
La falta de aire acabaría pronto con ellos.
Hicieron varios agujeros y siempre hubo que
taparlos, pues el agua volvía a subir.

De repente se oyó un grito:

—¡Diablos! ¡Ahora sé lo que pasó!

Hércules se apresuró a levantar la linterna,
que iluminó la cara sonriente del primo Benedicto.

—Claro —prosiguió éste, encantado con su
descubrimiento—. Aquí está la causa de que las
hormigas, que son inteligentes, abandonaran la
casa. Ellas presintieron la inundación. ¡El instin-

to! ¡El instinto! Esos animalitos fueron más suspicaces que nosotros.

En ese momento Dick vio frustrarse una vez más sus esperanzas. Abrieron un nuevo boquete, pero el agua subió más aún y tuvieron que cerrarlo sin pérdida de tiempo.

Era una situación espantosa. La ausencia de aire se hacía sentir cada vez más. Comenzaban a zumbarle los oídos y la linterna casi no iluminaba. ¿Estaría todo sumergido?, se preguntaba Dick. El único modo de averiguarlo consistía en abrir un agujero en la punta. Si allí había agua, sólo los esperaba la muerte.

—Señora Weldon —dijo—. Ya conoce usted la situación. Si permanecemos aquí, moriremos. Si abrimos, quizás hallemos la muerte o quizá la salvación. Es nuestra única esperanza. ¿Lo intentamos una vez más?

—Sí, Dick. ¡Hazlo! —exclamó la señora Weldon en medio de la más completa oscuridad, ya que la linterna había dejado de funcionar.

Dick se subió a los hombros de Hércules. Golpeó varias veces y abrió un boquete. Se oyó un silbido, el aire comprimido se esparció y un rayo de luz se filtró hacia el interior. El agua ascendió sólo veinte centímetros y se detuvo al nivel de la de afuera. El cono no estaba sumergido. Se habían salvado.

La alegría los embargó. Comenzaron a ensanchar el boquete a toda prisa y el sol de la mañana entró a raudales. Descubierto el cono, sería fácil salir de allí y encontrar algún lugar seco en el cual refugiarse.

Dick fue el primero en asomarse al boquete. Lanzó un grito y casi simultáneamente una flecha atravesó el aire. El joven pudo distinguir, a cien pasos del hormiguero, un campamento y, muy cerca del cono, grandes canoas repletas de indígenas.

Con un sólo gesto lo dio a entender todo. Reapareció armado, junto a Hércules, Acteón y Bat, y todos hicieron fuego contra las embarcaciones. Pero... ¿qué podían hacer ellos solos contra el centenar de indígenas que los rodeaba?

El cono fue asaltado. La señora Weldon, Jack, el primo Benedicto y todos los demás se vieron separados unos de otros, sin que pudieran siquiera darse un último adiós.

Una barca se llevó a la señora Weldon, junto con Jack y el primo Benedicto. Dick y los restantes fueron embarcados en otra y llevados en dirección contraria. El joven capitán y los suyos lucharon e hirieron a varios adversarios, pero la superioridad numérica de sus enemigos los venció. Si no pagaron cara su osadía fue, ciertamente, porque había órdenes expresas de mantenerlos con vida.

En el momento en que atacaban, Hércules

pegó un salto gigantesco y se tiró al suelo. Dos indígenas pretendieron detenerlo, pero él, revoleando su fusil, les destrozó el cráneo. Luego se perdió entre los árboles. Dick y sus compañeros, tras llegar a tierra, fueron encadenados como esclavos.

capítulo 6

UN CAMPAMENTO
JUNTO AL COANZA

Tras la tormenta, el paisaje había cambiado por completo. Se habría podido decir que era una laguna de la que apenas emergían unos veinte hormigueros. El hecho era que el río Coanza, uno de los mayores de Angola, había desbordado durante la noche e invadido la llanura. Ese río era el mismo que, yendo hacia el norte, buscaba Dick para llegar a orillas del mar. Y lo habría hallado sin duda, de no mediar la invasión de los indígenas.

El campamento entrevisto por el grumete estaba ubicado sobre una colina vecina al hormiguero fatal. Bajo un enorme sicomoro se ocultaba una caravana a la que Harris había avisado que llegaría Negoro. Aquellos indígenas, arrancados de sus aldeas por los soldados del tratante Álvez, marchaban hacia el mercado de Kazonndé. Desde allí los esclavos serían distribuidos entre las diversas regiones que acostumbraban a efectuar tales compras.

Al llegar al campamento, Dick y sus amigos fueron tratados como esclavos. Tom, su hijo, Austin, Acteón y la pobre Nam fueron atados por la garganta, en parejas, a una pértiga que tenía forma ahorquillada en los extremos y se cerraba mediante una barra de hierro. De esa manera ambos tenían que caminar en la misma dirección. A todo esto se agregaba una enorme cadena que los sujetaba por la cintura. Sólo tenían libres los pies para caminar y los brazos para que pudieran llevar carga. Abrumados por el peso debían andar kilómetros y kilómetros sin la menor posibilidad de intentar una huida. ¿Por qué no habían escapado como Hércules? ¿Y éste? ¿Se habría salvado? Y aunque así fuera, ¿lograría sobrevivir a los peligros de la selva?

A Dick no lo ataron junto a ningún esclavo. Quizá porque era blanco. Sus pies y manos quedaron libres aunque era vigilado constantemente. El joven observaba el campamento seguro de que pronto vería aparecer a Negoro o a Harris. Pero no fue así. Sin embargo, estaba seguro de que el ataque había sido dirigido por alguno de ellos.

Su mayor angustia consistía en pensar en la

señora Weldon y los suyos. ¿Hacia dónde los conducirían esos desalmados?

La caravana en la que marchaban Dick y sus amigos se componía de unas ochocientas personas. Quinientos esclavos de ambos sexos, trescientos soldados, agentes y jefes.

La crueldad de esos hombres no tenía límites. Azotaban, golpeaban y mataban según sus propias conveniencias. Lo corriente era que, al término del viaje, la caravana quedara reducida a sólo un cincuenta por ciento. La otra mitad comprendía a los pocos que lograban huir y los muchos que morían de hambre, enfermedad, o simplemente porque los jefes los asesinaban.

Tanto durante la marcha como en los momentos de descanso los cautivos eran objeto de una estrecha vigilancia. Dick comprendió bien pronto que todo intento de huida se vería frustrado. ¿Qué hacer, entonces, para ayudar a la señora Weldon, a la cual Negoro (pues no dudaba de que fuera él) había separado del grupo? Más que su propia situación era la de la madre y la del pequeño Jack la que angustiaba al joven grumete. Sabía que no podían contar para nada con el primo Benedicto. El pobre tenía ya bastante con ayudarse a sí mismo.

Sólo con Hércules podían contar la madre y

el niño. Pero... ¿estaría aún en condiciones de ayudarlos?

Se obligaba a sí mismo a pensar que sí, y se aferraba a la esperanza de que el negro lograra liberarlo a él. Una vez juntos, ¿qué no serían capaces de hacer por los demás? Pero, ante todo, era importante averiguar hacia dónde los llevaban. ¿Marcharían hacia algún mercado de Angola o rumbo al lejano interior del África?

En ese último caso su destino sería Nangue y tendrían que caminar varios meses. Si así fuera, aun si lograban escapar no les sería posible alcanzar la costa. La distancia y los peligros de la selva terminarían con ellos.

Sin embargo, algo le decía que pronto llegarían a destino. El nombre de Kazonndé, mencionado con frecuencia por los jefes y soldados, le hacía pensar que estaban acercándose a ese centro, que era quizás un gran mercado de negros. Sus deducciones, como veremos, resultaron exactas.

Dick, que sabía bastante de geografía, estaba enterado de que, desde el Coanza a Kazonndé, había unas tres semanas de camino. Ansiaba poder comunicarse con sus amigos prisioneros para que estos supieran que, al menos, no iban rumbo al corazón del África.

Pero ¿de qué manera podía hablarles?

Tom y Bat estaban atados juntos, y Acteón y Austin se hallaban en el otro extremo del campamento.

Dick, que iba libre, decidió disminuir disimuladamente la distancia que lo separaba de sus amigos. El viejo Tom notó la maniobra y la comunicó a sus amigos en voz baja, y todos se prepararon para ver y oír.

Fingiendo indiferencia, el joven capitán se aproximó unos cincuenta pasos más. Desde allí podía gritar el nombre de Kazonndé y estaba seguro de que entenderían lo que quería comunicarles. Le pareció conveniente acercarse un poco más y darles instrucciones más precisas.

Siguió, pues, aproximándose, y ya creía posible llegar hasta ellos cuando un guardia lo descubrió y se abalanzó sobre él.

Dick le arrebató el arma, pero ya ocho soldados lo tenían rodeado y lo habrían asesinado, si un jefe árabe no los hubiera contenido. Se trataba de Ibn Hamis, de quien Harris había hablado a Negoro.

Dick comprendió que mediaba una orden que lo mantendría alejado de sus compañeros, pero también que no les estaba permitido matarlo. ¿Quién si no Negoro o Harris podía haberla dado?

capítulo 7

EL DIARIO DEL CAPITÁN

Si bien la tormenta había cesado el día anterior, el tiempo no estaba asentado ni cabían esperanzas de que lo hiciera, pues se hallaban en la segunda estación de las lluvias, de modo que éstas continuarían cayendo, sobre todo durante la noche.

Bajo un cielo encapotado, la caravana partió del Coanza y se dirigió hacia el este.

Unos cincuenta soldados la precedían, cien más marchaban a ambos lados de los prisioneros, y el resto iba en la retaguardia. Nadie habría podido escapar con vida. Se veía a las madres llevando a sus hijos más pequeños en brazos, mientras los grandecitos se tomaban de sus manos, cayendo y levantándose bajo el zumbido de los látigos.

El cruel Ibn Hamis recorría de punta a punta

la caravana, vigilándolo todo y procurando especialmente que a los soldados no les faltara comida. Estos discutían todo el tiempo entre ellos por ese motivo y descargaban su furia sobre los pobres esclavos.

Los compañeros de Dick habían quedado ahora al frente de la columna, bastante separados de él. Bat, atado a su padre, marchaba adelante y trataba de elegir el mejor sitio posible para apoyar el pie, porque sabía que, si no lo hacía así, el anciano no podría seguirlo. En ocasiones, a fin de procurarle algún alivio, caminaba más despacio, pero entonces el látigo se hacía sentir sobre sus espaldas. Los ojos del pobre Tom se llenaban de lágrimas de dolor y de impotencia. Austin y Acteón iban atados un poco más atrás, rumiando la verdad, que el viejo Tom les había hecho conocer momentos después de caer prisioneros.

Nam, en el centro de la caravana, iba con un grupo de mujeres. La habían atado a una madre que llevaba un bebé en brazos y otro niño de apenas unos tres años prendido a sus faldas. El corazón bondadoso de la anciana no pudo resistir la vista de tanto dolor y levantó a uno de los pequeños.

Dick iba atrás de todos. Desde allí le era completamente imposible ver a ninguno de sus amigos, salvo cuando subían alguna colina.

Todos los días la caravana se ponía en marcha al amanecer y sólo paraba una hora a las doce. El cansancio era tal en esos momentos, que muy pocos podían comer. A los ocho días de haber partido del Coanza, veinte esclavos ya habían caído en el camino y dejado sus restos para alimento de los animales salvajes que, desde lejos, seguían a la caravana.

De estas marchas espantosas escribió Dick una especie de diario.

Del 25 al 27 de abril: Cruzamos un ancho y tumultuoso río. Pasamos por un puente hecho con troncos de árboles unidos entre sí. Dos mujeres atadas cayeron al agua, una de ellas con su hijito en brazos. Las aguas se agitaron y se tiñeron de sangre. Los cocodrilos nos siguen con las fauces abiertas y expectantes.

28 de abril: Fuerte lluvia y terreno pantanoso que dificulta la marcha. He visto a la pobre Nam llevando un niño en brazos. A su lado, la otra mujer apenas puede avanzar.

29 y 30 de abril: Comienza el invierno africano. El viento del este seca y favorece las fiebres. Hasta ahora ninguna huella de la señora Weldon. ¿Adónde la llevarán? ¿Vivirá el pequeño Jack?

Del 1° al 6 de mayo: Varias paradas debido a las inundaciones de la llanura. El agua nos llega a veces hasta la cintura y las sanguijuelas se nos pegan a la piel. No obstante, hay que seguir caminando. De noche seguimos la marcha, a veces no hay dónde acampar. Mañana faltarán muchos esclavos. Algunos habrán caído muertos y otros habrán elegido ahogarse para escapar de este tormento que significa seguir.

En la noche se oyen gritos escalofriantes. Doce o trece cocodrilos se han abalanzado sobre un costado de la caravana. Mujeres y niños han sido arrastrados por ellos hasta los profundos pozos en donde los depositarán luego de ahogarlos. Las escamas de un cocodrilo me han tocado con fuerza.

7 y 8 de mayo: Al día siguiente se contaron las víctimas. Eran veinte esclavos. Tom y sus amigos están con vida. ¡Loado sea Dios! Pero no puedo ver a Nam. ¿Habrá sido ella una de las víctimas?

Al día siguiente, ¡por fin!, hemos dejado atrás la llanura inundada. El sol nos seca un poco. Comemos solamente un poco de mandioca y maíz. El agua que se bebe está sucia. Nuevos casos de viruela. ¿Abandonarán a los que la contraen?

9 de mayo: Se reanuda la marcha a latigazos. No es posible que se pierdan ventas por una enfermedad. Estoy rodeado de esqueletos vivientes. He visto a la pobre Nam. Ya no tiene al niño en sus brazos. Me apresuré para ponerme a su lado y no pareció reconocerme. Después de mirarme mucho, me dijo:

—¿Es usted, señor Dick? Yo... yo... moriré muy pronto.

Quise ayudarla a avanzar, pero el guardia nos separó. Me precipité hacia él y el jefe árabe me retuvo por un brazo, impidiendo que el otro descargara sobre mí su látigo con sólo pronunciar una palabra:

—¡Negoro!

¡Negoro! ¿Entonces es por orden del portugués que se me trata con deferencia? ¿Qué venganza preparará?

10 de mayo: Anochece. Paramos bajo unos enormes árboles. Algunos prisioneros han huido durante la víspera pero, apresados de nuevo, son castigados horriblemente. ¡Pienso en tantas cosas! Me parece oír ruido entre los pastos, que aquí son bastante altos. ¿Alguna fiera? Dos ojos brillan en la oscuridad y un animal salta sobre mí. Voy a gritar, pero la suerte quiere que me detenga a tiempo. ¡No puedo creerlo! ¡Es Dingo! Lo acaricio y parece comprenderme. Frota su cuello contra mí como si quisiera indicarme que debo buscar algo allí. Busco, y atado a su cuello veo un pedazo de caña y dentro de ella un papel. No podré leerlo hasta que no llegue el día. Quiero retener a Dingo, pero el animal me lame las manos y se marcha. Comprendo que está cumpliendo una misión. Un minuto después, ha desaparecido en la oscuridad. ¡Por fin amanece! He leído el papel. Lo escribió Hércules y dice:

Se llevaron a la señora Weldon y al niño Jack. Van con Harris y Negoro. También llevan al primo Benedicto. No me ha sido posible comunicarme con ellos. Dingo, herido de un balazo, ya está curado. Tenga fe, señor Dick. Si escapé fue para poder ayudarlos. Sólo pienso en ustedes.

Hércules

¡Alabado sea Dios! ¡Viven todos ellos! Y no sufren, como nosotros. Pero... ¿qué pretenderán Harris y Negoro? En medio de tanta desgracia es una alegría saber que al menos la señora y su hijo están bien. Seguro que los llevarán a Kazonndé. Juro que los encontraré.

Del 11 al 15 de mayo: La mayor parte de los

esclavos deja tras de sí huellas de sangre. Calculo que faltan todavía diez días para llegar a Kazonndé. El panorama se presenta terrible. La viruela ataca con violencia y el camino es un verdadero reguero de cadáveres.

Del 16 al 24 de mayo: Me faltan las fuerzas pero no debo ceder. Nos llevan a marcha forzada y dejan a los enfermos abandonados. Parece que faltan víveres y los pocos que quedan son para los soldados. En cuanto a los esclavos, "Que se coman entre ellos", ha dicho el jefe. Hoy, veinte esclavos no pudieron seguir caminando y los asesinaron. Entre ellos estaba la pobre Nam. Es la primera de los sobrevivientes del *Pilgrim* a quien Dios ha llamado a su lado. Dingo no ha vuelto. Seguramente Hércules no tiene novedades que comunicarme.

·

capítulo 8

LLEGADA A KAZONNDÉ

El 26 de mayo la caravana llegó a Kazonndé. La mitad de los prisioneros había muerto en el camino, pero el negocio se presentaba igualmente favorable para los tratantes.

Kazonndé es uno de los más importantes mercados de Angola. En su gran plaza los negros son expuestos y vendidos.

Como todas las grandes ciudades del África Central, Kazonndé se divide en dos partes. Una es el barrio de los comerciantes y otra la residencia del rey negro. Por lo general éste es cualquier borracho puesto en ese lugar y obedecido gracias al poder del terror y a los regalos de los tratantes.

En Kazonndé, el barrio mercantil pertenecía a José Antonio Álvez, el patrón de Negoro y Harris y el mayor tratante de la región.

El barrio mercantil se desdoblaba a lo largo de una calle principal.

Cerca de allí corre el río Lulú, afluente del Congo. El rey de Kazonndé vivía en un barrio formado por un conjunto de chozas miserables. Por aquel entonces era Moini Lunga, un viejo borracho con quien Álvez se llevaba muy bien porque se dejaba mandar con tal de satisfacer sus vicios.

José Antonio Álvez no era portugués, como su nombre hacía presumir, sino negro de raza, es decir, doblemente traidor, como hombre y como negro.

El 26 de mayo, al llegar a Kazonndé, los esclavos fueron llevados a la gran plaza.

Al entrar redoblaron los tambores y sonaron los cuernos de cudú. Entre los soldados que llegaban y los de Álvez se cruzaron tiros al aire en señal de saludo.

Los doscientos cincuenta cautivos fueron conducidos a unos miserables barracones, donde se confundieron con otros mil quinientos esclavos.

Tom, su hijo y sus amigos negros, libres ya de sus ataduras, pudieron por fin abrazarse. Allí esperaron al tratante, pensando que harían valer su calidad de americanos libres.

Dick quedó en la plaza, bajo custodia. Estaba inquieto e intrigado. Que la señora Weldon no apareciera era lógico, pues estaba prisionera. Sin embargo... Negoro y Harris, ¿por qué no venían para tomarse venganza de una vez? ¿Habrían ido a otra ciudad con la mujer y el niño?

Un griterío lo sacó de sus reflexiones:

—¡Álvez! ¡Álvez!

El hombre en cuyas manos estaba la suerte de tantos infelices aparecería por fin. ¿Estarían con él Negoro y Harris?

Dick aguzó la vista. No, ellos no venían en la comitiva. Sin embargo, veía que el árabe Ibn Hamis y Álvez hablaban constantemente. ¿Estarían tratando su suerte y la de sus amigos? Se aproximó a ellos, aun sin entender su lenguaje. Álvez estaba ahora junto al barracón de Tom y los suyos. Sus ojos se iluminaron al contemplar a aquellos negros tan bien formados. Eran negocio mayor. Sólo miró con disgusto al viejo Tom. Por él no darían mucho dinero.

Entretanto, Tom, señalando a sus compañeros le dijo:

—¡Somos hombres libres! ¡Ciudadanos de los Estados Unidos de América!

Álvez, con ironía, le respondió:

—Sí... Sí... Nortemericanos. ¡Sean bienvenidos! ¡Bienvenidos!

Dick fue conducido ante Álvez. Éste, al verlo, sólo exclamó:

—¡Ah! El pequeño yanqui...

—¡Sí! ¿Qué quiere usted de nosotros?

Inútilmente repitió varias veces la pregunta. Álvez ni siquiera lo miraba. El joven consideró que la ocasión era buena para comunicar a Tom y sus compañeros las noticias traídas por Dingo.

—¿Y Nam? —preguntó el viejo Tom.

—Nam murió en el camino.

—¡La primera en caer!

—¡Y la última! —añadió Dick con furia.

Se interrumpió enseguida al sentir que una mano se apoyaba sobre su hombro y oír, dichas con una voz que reconoció al instante, las siguientes palabras:

—¡Oh! He aquí a mi joven amigo. Si es que mis ojos no me engañan.

Dick giró sobre su talones. Ante él se hallaba Harris.

—¿Dónde está la señora Weldon? —preguntó de inmediato avanzando hacia él.

—¡Pobre madre! —respondió el americano fingiendo piedad—. ¿Cómo podía sobrevivir?

—¡Muerta! —exclamó el joven capitán—. ¿Y su hijo?

—¡Pobre niño! —siguió Harris con el mismo tono lastimero—. ¿Cómo no iban a acabar con él tantas tribulaciones?

Ya no existían, pues, aquellos seres tan amados. Un irrefrenable ataque de ira y una insaciable sed de venganza se apoderó del joven. Saltando sobre Harris, le arrebató el cuchillo que el americano llevaba al cinto y se lo hundió en el corazón.

—¡Maldición! —gritó cayendo al suelo. Unos minutos después, estaba muerto.

•

capítulo 9

UN DÍA DE GRAN MERCADO

El movimiento de Dick fue tan veloz que nadie pudo atajarlo. Algunos indígenas lo rodearon de inmediato y lo habrían matado, si en ese momento no hubiera aparecido Negoro y, con una señal, los hubiese contenido.

Álvez y los suyos reclamaban su muerte, pero Negoro, en voz baja, les pidió que esperaran un poco y ordenó que lo encadenaran y lo llevaran a prisión. El joven, por fin, había visto al causante de todos los males y supuso que, si éste no lo había eliminado en el acto, era porque le reservaba algún terrible suplicio.

Dos días después se abrió el mercado al que acudirían los tratantes de las factorías de toda la comarca.

Desde temprano, una gran animación reinaba en el lugar. Unas cinco mil personas, entre los que se contaban los esclavos de Álvez, colmaban la plaza. Tom y sus compañeros entre ellos y, por ser extranjeros, los más codiciados por los compradores.

Álvez dirigía las operaciones. Lo más extraño era el entusiasmo con que los indígenas de ambos sexos compraban a los de su propia raza. En ese singular mercado la oferta y la demanda se hacían con igual pasión.

Además del mercado de carne humana, Kazonndé presentaba a la curiosidad de los negros los más variados objetos para la venta.

La máxima animación tenía lugar cerca del mediodía. A esa hora llegaban a su punto culminante la feria de los vendedores fracasados, los gritos y las peleas.

En uno de esos momentos de efervescencia Álvez presentó a los esclavos que quería vender. La primera remesa era la de aquellos que llevaban algún tiempo en Kazonndé. Su estado era bastante bueno, pues a un mayor descanso se unía una alimentación suficiente que les permitía recuperar en parte las fuerzas y la salud perdidas.

Los recién llegados presentaban un pésimo estado de salud y su presencia era lastimosa, pero Álvez no ignoraba que la demanda era tan grande, que aun esos serían bien vendidos.

Tom y sus compañeros estaban entre los recién llegados y conversaban:

—El señor Dick no está aquí —aseguró Bat, recorriendo la plaza con una mirada penetrante.

—A él no lo pondrán en venta —agregó Acteón.

Seguramente lo matarán, si es que ya no lo han hecho —se lamentó Tom—. Ojalá que a nosotros nos compren juntos. Al menos así tendremos el consuelo de vernos.

La operación había comenzado. Los agentes de Álvez distribuían a los vendidos como quien separa ganado.

Tom y los suyos fueron expuestos ante los compradores y tuvieron el consuelo de ir en el mismo lote. Varios tratantes se los disputaban, pues veían en ellos un vigor y una inteligencia poco comunes. José Antonio Álvez estaba eufórico.

Los compró un árabe que pensaba destinarlos a las factorías de Zanzíbar y los puso en una barraca especial. Sin duda veía en ellos la posibilidad de sacar una crecida suma de dinero.

Los cuatro debieron abandonar la plaza y no asistieron a las curiosas escenas con que llegaría a su fin el gran mercado de Kazonndé.

capítulo 10

UN TRAGO PARA
EL REY DE KAZONNDÉ

A las cuatro de la tarde, un estrépito de tambores, címbalos y otros instrumentos africanos se dejó oír en la calle principal. El fragor belicoso de la compraventa que aún seguía se silenció de pronto. Moini Lunga, el rey, venía a honrar con su visita al gran mercado. Lo escoltaban sus mujeres, sus funcionarios y sus soldados. Álvez y los demás tratantes se adelantaron para rendirle sus falsos homenajes. Moini Lunga descendió de su silla real en el centro de la plaza. Parecía un mono viejo. A los cincuenta años, tenía los achaques de un octogenario. Llevaba en la cabeza una tira adornada con garras de leopardo teñidas de rojo. Dos faldas de cuero de cudú salpicadas de perlas pendían de su cintura. Su pecho mostraba infinidad de tatuajes que testimoniaban su noble ascendencia. Tobillos, muñecas y brazos estaban cargados de brazaletes y calzaba un par de botas que Álvez le había regalado hacía muchos años. Por sobre su cabeza llevaba un viejo paraguas, colgando de su cuello una lupa, y sobre su nariz un par de anteojos.

Eran los del primo Benedicto, robados del bolsillo de Bat.

Se alcoholizaba con cerveza, pero, sobre todo con el aguardiente que le facilitaba Álvez, y tenía esposas de todas las edades. Entre todas se destacaba Moira, la más antigua, que a los cuarenta años era una verdadera furia.

El cortejo estaba integrado también por funcionarios, capitanes y magos. En lo alto de las lanzas se veían clavados los cráneos de los enemigos del rey.

Cuando Moini Lunga abandonó su villa real, partieron exclamaciones de todas partes. Álvez se adelantó y le ofrendó una buena cantidad de tabaco. Otro tanto hacían los demás tratantes, con ofertas diversas y grandes reverencias.

En general no miraba a nadie, y caminaba con las piernas separadas como si estuviera en un barco zarandeado por las olas. Los esclavos lo miraban aterrorizados ante la sola idea de que se le ocurriera ponerlos a su servicio.

Negoro, que estaba junto a Álvez, también presentó sus saludos al rey. Se entabló entre ellos

una conversación en lengua indígena, aunque a Moini Lunga se le pudieron oír solamente algunos monosílabos que olían a alcohol.

—Bienvenido, rey Lunga, al mercado de Kazonndé —decía Álvez.

—Tengo sed —respondía invariablemente el "soberano".

—Sabe que, como siempre, le daremos su parte en las ganancias.

—Quiero beber —seguía Lunga.

—Mi amigo Negoro está verdaderamente feliz de ver a su rey.

—Denme de beber.

—¿Y qué le damos, aguardiente o hidromiel? —preguntó Álvez, sabiendo de antemano lo que respondería el rey.

—¡No! ¡No! Aguardiente. Por cada gota de esa agua de fuego le daré...

—¡Una gota de sangre de un blanco! —exclamó Negoro después de mover la cabeza a una señal de asentimiento que le hizo Álvez.

—¡Un blanco! ¡Matar a un blanco! —aplaudió el rey, entusiasmado.

—Un agente de Álvez murió a manos de un blanco —explicó Negoro.

—Sí. Mi agente Harris —confirmó el tratante—. Es preciso que lo venguemos.

—Que ese blanco sea enviado al rey

Massongo, el antropófago —sentenció Moini Lunga—. Allí lo cortarán en pedazos y se lo comerán vivo.

Pero Negoro, que no quería que Dick muriera lejos de sus ojos, replicó:

—El blanco que mató a Harris está aquí.

—Y es aquí donde debe morir —agregó Álvez.

—Morirá donde tú digas, Álvez, pero has de darme una gota de fuego por cada gota de sangre.

—Te la daremos y verás que hoy será especial. Haremos que el agua de fuego arda. ¡José Antonio Álvez ofrecerá un ponche a su rey!

El borracho abrazó a Álvez, lleno de júbilo. Sus acompañantes exultaban con él. Nunca habían visto arder el aguardiente y esperaban bebérselo en llamas.

A ninguno de ellos les preocupaba pensar que correría la sangre de un inocente.

Entretanto, fue cayendo la noche y llegó la hora propicia para que ardiera el alcohol y sus resplandores brillaran en la oscuridad.

La idea de Álvez había sido estupenda. Moini Lunga ansiaba beber aquella agua de fuego así llameante.

Aconsejado por Negoro, el tratante hizo llevar al centro de la plaza una gran caldera. Dentro de ella fueron vaciados varios barriles de alcohol de ínfima calidad, aunque bien refinado. Echó adentro canela y guindas, para hacerlo todavía más fuerte, y ordenó que todos se colocaran en forma de círculo alrededor del rey. Moini Lunga, tambaleante, se adelantó hasta la caldera y Álvez puso en su mano una mecha encendida.

—¡Fuego! —le gritó al mismo tiempo, con una mueca de burla.

—¡Fuego! —repitió Lunga, golpeando la caldera con la mecha encendida.

El resplandor de las llamas azules llenó la superficie de la caldera y a su luz los rostros de los borrachos parecían espectros infernales.

Tomados todos de la mano y gritando enloquecidos, los negros comenzaron a bailar alrededor de su rey.

Con una gran cuchara Álvez removía el líquido, que despedía llamas cada vez más altas junto a los rostros de los enloquecidos indígenas.

Moini Lunga tomó el cucharón de las manos de Álvez y lo hundió en la caldera. Lo retiró rebosante de líquido y, después de beber un sorbo, lanzó un grito aterrador. Se produjo una combustión espontánea. El rey se incendió por completo. Aquel fuego, de muy poco calor, devoraba ferozmente.

Los indígenas que danzaban se detuvieron de repente como paralizados.

Un ministro del rey se precipitó sobre él como

para protegerlo, pero, alcoholizado a su vez, se incendió totalmente.

Álvez y Negoro no sabían cómo socorrer al rey. Las mujeres huyeron despavoridas. El rey y su ministro se retorcían en el suelo en medio de espantosos dolores. En sus cuerpos impregnados de alcohol, la llama suave de la combustión no pudo ser apagada. Extinguida con agua en el exterior, continuó ardiendo en el interior. Muertos ya, Moini Lunga y su ministro seguían quemándose.

Poco después, no quedaban en el suelo más que algunos carbones y huesos manchados de hollín como únicos restos de aquel que había sido rey.

capítulo 11

EL ENTIERRO DEL REY

La mañana del 29 de mayo Kazonndé presentaba un aspecto desacostumbrado. Los indígenas, presas del miedo, se habían encerrado en sus chozas. Jamás un rey había muerto de un modo tan horrible y tan rápido.

Atrincherado en su casa, Álvez temía que se lo culpara de todo. Negoro le había adelantado que correrían peligro si la población los sentenciaba como culpables de esa muerte.

Sin embargo, a Negoro se le ocurrió una idea. Hizo que Álvez asegurara que ésa era la muerte sobrenatural que el gran Manitú [1] sólo concedía a los elegidos.

---

1 Espíritu superior de los indios de la América del Norte. Verne atribuye erróneamente ese nombre al espíritu superior de los nativos africanos.

Los indígenas, supersticiosos por naturaleza, le creyeron, y el fuego que consumió al rey se convirtió para ellos en un fuego sagrado. Decretaron que se harían al rey los funerales propios de un dios.

Funerales que ofrecerían a Negoro la oportunidad de vengarse de Dick Sand.

La reina Moira era la heredera del trono y de inmediato ordenó que comenzara la ceremonia. Nadie se opuso a su elevación al trono. Sólo lo lamentaron en secreto las otras ex esposas del monarca, que sabían lo que les aguardaba.

Para excavar la fosa del rey se desvió momentáneamente el curso de un arroyo cercano. Efectuado el entierro, se volvería la corriente a su antiguo cauce para que las aguas pasaran sobre el cuerpo del extinto.

A Negoro se le ocurrió que Dick Sand podía ser una de las víctimas que se acostumbraba inmolar en tales ocasiones.

Deseoso de saborear su venganza frente al indefenso joven, se dirigió a la prisión. Dick yacía allí fuertemente atado y debilitado por la falta de alimento. Al verse junto al portugués, hizo un esfuerzo supremo aunque inútil para liberarse y atacarlo.

—He venido a saludar por última vez al capitán —se burló Negoro—. Es una lástima que no pueda mandar aquí como lo hacía en el *Pilgrim*.

Viendo que Dick no contestaba, prosiguió:

—Cómo, capitán, ¿ya se olvidó de su cocinero? ¿Qué desea comer hoy? —preguntó al tiempo que le propinaba un tremendo puntapié—. ¿Vio qué buen marino resultó su cocinero? —siguió burlándose—. Los traje a todos al África.

Hablaba con una calma más aparente que real y, al ver que el joven lo miraba con desprecio y sin la más mínima intención de contestarle, estalló:

—A cada uno le llega su turno. Ahora el capitán soy yo. Tu vida está en mis manos.

—Tómala —respondió el muchacho—, pero ten en cuenta que Dios es justo y pronto te castigará.

—Dios no tiene tiempo para ocuparse de ti. Además, tus amigos negros ya van camino a su destino de esclavos.

—Dios no necesita tiempo para hacer justicia —replicó el joven—. Por otra parte, no debes olvidar que Hércules está libre y que Dingo te odia.

—Hércules ya murió en la boca de los leones y tu amigo Dingo hace rato que cayó bajo el caño de mi fusil. Todos han muerto. Morirás tú también.

—Y tú. Y muy pronto.

Enfurecido, Negoro se arrojó sobre él para estrangularlo. Luego lo pensó mejor y se dio cuenta de que, si lo mataba, todo acabaría allí. Dick Sand dejaría entonces de sufrir. Lo mejor era un suplicio lento y enloquecedor. Apretó las manos y, sin decir palabra, se alejó de su lado.

En vez de amedrentarse, Dick sintió que crecía su valor. Inclusive notó que sus forcejeos con el portugués habían aflojado un poco las ligaduras, dando un poco de alivio a sus miembros entumecidos.

A Dick ya no le interesaba la vida, puesto que sus seres más queridos habían muerto. Con resignación ofreció la suya a Dios y con ese acto se sintió sereno. Dentro de sí renacieron los ánimos. Se sintió en paz y se durmió.

A medianoche despertó y, tras un ligero forcejeo, liberó una de sus manos. Su carcelero, aún borracho, dormía.

Pensó que podía resultarle útil apoderarse de sus armas, pero en ese mismo momento sintió un rozamiento en la parte inferior de la puerta. Parecía como si alguien desde afuera escarbase bajo el piso.

"Si fuera Hércules —pensó el joven. Y oyó un suave ladrido—. Es Dingo —se dijo—. Y si él no ha muerto, Negoro me mintió."

Por debajo de la puerta, el animal pasó una pata y Dick la acarició. Si Dingo llevaba un mensaje lo tendría atado en el cuello. Pero no llegó a enterarse, porque enseguida los perros del lugar descubrieron a Dingo, y el animal huyó precipitadamente.

Así Dick vio desaparecer su última oportunidad.

El carcelero despertaba ya, y junto al arroyo los trabajos se aceleraban.

Los trabajadores desviaron el curso de las aguas y abrieron una fosa. Las paredes y la base fueron recubiertas con mujeres vivas, seleccionadas entre las esposas del rey muerto. Ellas debían sucumbir junto a su cuerpo. Si bien del soberano no quedaban más que algunos carbones retorcidos, los indígenas se las ingeniaron para construir rápidamente un muñeco que haría sus veces.

Al anochecer, el cortejo fúnebre inició la marcha. Gritos, danzas rituales, estruendos, magos, nada faltaba de lúgubre ni de ridículo.

Álvez, Negoro y los demás tratantes engrosaban la comitiva.

El cuerpo del rey, tendido sobre un catafalco, avanzaba rodeado de sus esposas de segundo grado, que morirían también junto a él. Detrás caminaba la reina Moira. Al llegar al arroyo, las antorchas iluminaron la escena: cincuenta esclavas atadas esperaban al rey y a las cuatro esposas elegidas para morir con él.

Delante del muñeco que, vestido con las galas reales, simbolizaba el cuerpo del monarca, un blanco, atado a un poste rojo, esperaba también la muerte: era Dick Sand. Su cuerpo mostraba las huellas muy frescas de las torturas que Negoro había ordenado infligirle. Sus ojos parecían contemplar solamente la esperanza de ver a Dios. La reina hizo una señal y las cuatro esposas del rey fueron degolladas. La sangre corrió hasta la fosa. Ése fue el comienzo de una sangrienta carnicería.

Durante casi una hora los alaridos y el terror poblaron la noche. Y llegó el momento en que la soberana ordenó abrir los diques que contenían las aguas del arroyo. El avance de las aguas debía ser lento, gradual y progresivo. Y debían llegar desde arriba, sin romper las compuertas.

Primero se ahogaron las esclavas atadas a la base de la fosa. Proferían unos gritos espeluznantes. Al oírlas, Dick hizo un último esfuerzo por romper sus ligaduras. El agua siguió subiendo y, a medida que crecía, iba tapando cada vez más cabezas. El arroyo recuperó el curso y no quedó la más mínima señal de las víctimas sacrificadas en honor del rey borracho.

capítulo 12

UNA FACTORÍA POR DENTRO

Por supuesto, Negoro y Harris habían mentido. Tanto la señora Weldon como su hijo y el primo Benedicto se encontraban en Kazonndé.

Asaltado el hormiguero, tal y como Hércules se lo había descrito a Dick, habían sido conducidos en compañía de Harris y Negoro. El viaje fue para ellos cómodo y rápido.

La caravana llegó, pues, a Kazonndé ocho días antes que la de los esclavos en la que iban Dick y sus amigos.

La señora Weldon, Jack y el primo Benedicto fueron encerrados en el establecimiento de Álvez.

El pequeño Jack estaba restablecido por completo. Durante el viaje él, su madre y el primo Benedicto recibieron una cuidadosa atención. La señora Weldon no tenía ninguna noticia de Dick ni del resto de sus amigos prisioneros. Tampoco sabía nada del fugitivo Hércules.

Desconocía asimismo la llegada del joven capitán a Kazonndé, junto a la caravana que conducía también a Tom y a Bat. Y se habían preocupado de ocultarle todo lo relacionado con la muerte del rey y sus funerales, entre cuyas víctimas se contaba Dick.

Se desesperaba además pensando en la suerte que les aguardaría, ya que, desde la llegada a Kazonndé, ni Harris ni Negoro le dirigieron la palabra y poco después tampoco volvió a verlos.

El primo Benedicto no podía servirle para intentar nada y el pequeño Jack, por su parte, a pesar de que podía jugar y correr a sus anchas, sufría con la ausencia de sus amigos y extrañaba demasiado a su padre, a quien no veía desde hacía tantos meses.

Sus ingenuas y constantes preguntas sobre el regreso mortificaban a la apesadumbrada madre más que todas las torturas que pudieran infligirle.

Ella allí debía pensar por todos y no podía hacer otra cosa que preguntarse: "¿Qué pretenderán de nosotros? ¿Para qué nos habrán traído aquí?". Su decisión estaba tomada: huiría. Sin embargo, antes trataría de saber cuáles eran las intenciones de Negoro.

El 6 de junio, tres días después del entierro,

se presentó a la señora Weldon y la encontró sola.

—Señora Weldon —le dijo sin preámbulos—. Tom y sus compañeros han sido vendidos como esclavos.

—¡Que Dios los ayude! —exclamó espantada la buena señora.

—Nam murió en el camino y Dick Sand fue ahogado, pagando con su vida la de Harris, a quien él mismo asesinó. Usted está en Kazonndé completamente sola, en poder del ex cocinero del *Pilgrim*, ¿entiende usted esto?

La señora Weldon, a quien no extrañó que todo aquello pudiera suceder por obra de aquel ser tan nefasto, repuso fríamente:

—¿Tiene algo más que decirme?

—Yo podría vengarme en usted de las humillaciones que sufrí en el *Pilgrim*. Pero la muerte de Dick Sand es suficiente para calmarme. Ahora soy un comerciante y le diré cuáles son mis proyectos con respecto a usted. Tanto usted como su hijo y el imbécil de su primo tienen un precio y yo sabré cobrarlo. Los venderé.

—Somos libres —aseguró la mujer.

—Si yo me lo propongo, será esclava.

—¿Y quién va a comprar una mujer blanca?

—Yo conozco a un hombre que pagaría por usted todo el oro del mundo.

—¿A quién pretende venderme?

—No sé si venderla o... revenderla.

—No le entiendo.

—Me entenderá si le digo que ese hombre que seguramente querrá comprarla es James Weldon, su marido. No voy a devolverle a su mujer, su hijo y su primo sino a vendérselos. Y por supuesto, será a un precio muy bueno.

La señora Weldon sospechó que aquel hombre le tendía alguna trampa. Pero Negoro hablaba en serio y ella sabía que aquel cobarde y frío mercader era capaz de cualquier bajeza. Lo único que contaba para él era el dinero y aquél, evidentemente, era un buen negocio.

—¿Y cuándo piensa realizar la operación?

—Cuanto antes.

—¿Dónde?

—Aquí mismo, en Kazonndé. Su marido no dudará un solo instante y vendrá aquí a pagarnos lo que le pidamos.

—¡No! ¡No vacilará! ¿Pero cómo ha de saberlo?

—Yo mismo iré a San Francisco. Tengo dinero suficiente como para hacerlo y es mucho lo que puedo conseguir.

—¿El dinero que me robó en el *Pilgrim?*

—Sí. Ése y algo más. Además, hay que contar que la venta de ustedes podría reportarme... digamos... unos cien mil dólares. No le parecerá mucho a su marido, ¿no es cierto, señora?

—No, si puede dárselos. Sólo que cuando usted le diga que nos tiene aquí prisioneros, no vendrá.

—Vendrá si le llevo una carta suya en la que le explique la situación en que se encuentra y me presenta a mí como un fiel servidor que la ha ayudado a huir de los salvajes.

—Jamás escribiré tal carta —cortó fríamente la señora.

—¿Se niega usted?

—Sí, me niego.

La mujer tenía en cuenta los peligros que acecharían a su marido si viajaba a Kazonndé. Él mismo sería víctima de la traición y caería en manos de Negoro.

—Usted escribirá la carta —insistió el canalla.

—¡Nunca!

—Tenga cuidado, señora. Se olvida de que no está sola aquí. También está su hijo, y bajo mi poder.

Al oír la velada amenaza, la mujer quiso replicar, pero sus labios enmudecieron, frenados por un corazón próximo a estallar.

—Le aconsejo que reflexione, señora Weldon; es mejor que haga lo que le propongo —volvió a decir Negoro—. Si dentro de ocho días no tiene lista la carta, tendrá que arrepentirse.

Y se retiró sin esperar contestación. Su sem-

blante, aparentemente sereno, daba a entender
que nada lo detendría.

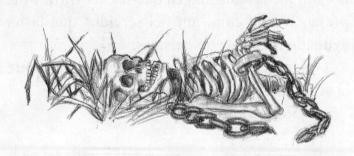

capítulo 13

CORRIENDO TRAS UN BICHO ENCONTRÓ LA LIBERTAD

Al quedar sola, la señora Weldon se puso a pensar en que sólo tenía ocho días para decidir. Negoro regresaría sin falta al cabo de ese tiempo. Sabía que el valor comercial que el portugués asignaba a sus vidas era por el momento la mejor defensa. Tal vez encontrara la manera de que su esposo pudiera entregar el dinero sin verse obligado a viajar a Kazonndé, donde estaría expuesto a la traición de Negoro y, quizás, a la venganza de la reina Moira.

Cavilaba, con sus pensamientos muy lejos del lugar en que se encontraba, cuando apareció su pequeño Jack.

—¿Qué te pasa, mamá? —preguntó—. ¿Estás enojada?

—No, mi chiquito. Estaba pensando en tu papá. ¿Te gustaría verlo?

—¡Oh, sí! ¿Va a venir?

—¡No! ¡No! Él no vendrá aquí.

—¿Iremos nosotros a verlo, mamá?

—Sí... Es decir... es posible que alguien lo vaya a buscar —contestó la pobre mujer, secándose los ojos a escondidas del niño.

—¿Y no será mejor que le escribas para que venga?

—Sí, hijito. Tienes razón. Quizá sea eso lo mejor.

Así, sin darse cuenta, el pequeño Jack señalaba la conducta que debía tomar su madre. Con todo, la señora Weldon no se apresuró a contestar a Negoro. Le quedaban aún ocho días y en ese lapso podía ocurrir algún hecho fortuito que los pusiera en libertad. Una conversación entre Álvez y un mestizo abrió una puerta a su esperanza. Conversaban entre ellos acerca del peligro que representaba para el tráfico de esclavos la presencia de los expedicionarios ingleses Speake, Grant, Livingstone y Stanley. Sus noticias e informes sobre el ignominioso comercio conmovían cada vez más a la opinión mundial y los tratantes veían día a día restringido el campo de sus operaciones.

—Y para colmo de males —se enfurecía Álvez—, ni siquiera Kazonndé se verá libre de esa plaga. Parece que pronto llega Livingstone.

El enorme prestigio y popularidad del célebre explorador y benefactor podía decidir la libertad de la señora Weldon, aunque fuera en contra de todas las ambiciones de Negoro.

Esa visita era más que probable, porque en el itinerario de Livingstone entraba Kazonndé. De modo que la señora Weldon empezó a soñar con ella.

Al enterarse por labios del propio Álvez de la muerte de quien significaba su única esperanza de salvación, su dolor no tuvo límites. Ahora estaba segura de que no podía contar con nadie en aquella maldita región. Tendría, pues, que escribir la carta propuesta por Negoro, aunque, con alguna habilidad, quizá consiguiera hacer cambiar un poco los términos del trato.

El día fijado, el portugués se presentó ante ella, y con su carácter práctico (del que, como de costumbre, no dejó de jactarse), exigió que la señora escribiera en la forma en que él había pedido.

Pero no contaba con que la señora Weldon también había decidido ser práctica. En cuanto lo hubo escuchado, dijo:

—Si quiere hacer un buen negocio no me exija condiciones imposibles. Puede vender nuestra libertad al precio que le venga en ganas sin necesidad de que mi marido llegue a este lugar, en el cual, como usted no ignora, puede pasar cualquier cosa con un blanco. De ningún modo le escribiré para que venga.

Discutieron largo rato y al final Negoro, viendo que no lograría vencer la resistencia de la señora, cedió.

Se convino en que una nave depositaría al señor Weldon en Mossamedes, un pequeño puerto de Angola, conducida por el portugués. Ellos llevarían allí a la señora, a su hijito y al primo Benedicto. En el momento de ser liberados los prisioneros, se entregaría la suma a ser estipulada y Negoro se alejaría de allí rápidamente, ya que tenía interés en seguir apareciendo como hombre honrado.

La señora Weldon había conseguido más de lo que ella misma esperaba. Su marido se libraría del riesgo de caer prisionero una vez que hubiera entregado el dinero y ella y los suyos harían un cómodo viaje a Mossamedes, ya que Álvez, interesado en cobrar la fabulosa suma, se preocuparía por proporcionarles todas las seguridades posibles. No convenía a sus planes que ninguno enfermara en el camino.

La señora Weldon escribió la carta en la que hizo aparecer a Negoro como un fiel amigo y éste partió hacia el norte un día después, en compañía de veinte indígenas.

¿Por qué se dirigió hacia el norte? A Álvez le dijo que lo hacía para escapar a la vigilancia y el peligro de las cárceles portuguesas.

Después de esto, la señora Weldon se dispuso a esperar lo más tranquilamente posible el fin de su cautiverio.

En el mejor de los casos, ese momento no llegaría sino hasta tres o cuatro meses más tarde y convenía que se mantuviera serena para que el niño no sospechara la verdad.

No pensaba abandonar la factoría de Álvez. Éste pondría objeciones, y tanto el niño como el primo Benedicto se encontraban muy bien donde estaban. El tratante no quería que salieran de allí porque advertía la decisión de la señora y, además, porque no ignoraba que Hércules, en libertad, debía andar cerca. Al cuidar de ella y de los suyos cuidaba de los beneficios que el negocio le proporcionaría. Dentro de la factoría los cautivos tenían la más absoluta libertad de movimiento. En cuanto al primo Benedicto, era el más feliz de los hombres porque podía pasarse el día entero entre los insectos que constituían su pasión.

El 17 de junio, el extraño y divertido personaje estuvo a punto de convertirse en el más afortunado entomólogo del mundo.

Eran más o menos las once de una mañana tan calurosa que todos los pobladores de la factoría habían buscado refugio en sus chozas.

Por las calles de Kazonndé no se veía un alma.

La señora Weldon y el pequeño Jack dormían. El primo Benedicto, aunque a su pesar, había entrado en la choza y sentía que la modorra comenzaba a apoderarse de él. De pronto oyó una vibración de alas y calculó que se trataba de uno de esos insectos capaces de dar unos cinco o seis mil aletazos por segundo.

—¡Un hexápodo! —exclamó, y se puso de pie muy excitado.

No se animaba ni a moverse. A través de un rayo de sol que se filtraba, sus ojos apenas descubrieron un punto negro que revoloteaba lejos de él. Lo bastante lejos como para que no lo pudiera alcanzar ni con la mano ni con su mirada.

El zumbador dio varias vueltas y se posó sobre su cabeza. El primo Benedicto sonrió triunfante. Lo sentía deslizarse sobre su cabello y debió contenerse para no alzar la mano hasta él.

"¡No! —pensó—. Lo espantaría. Inclusive podría hacerle daño. Esperemos que se ponga más a mi alcance. ¡Ya baja! Siento sus patas sobre mi cráneo. ¡Dios mío! Si por lo menos llegara hasta la punta de mi nariz. Entonces lo vería y podría ubicar la especie, género y variedad a que pertenece."

Jamás en su vida había pasado momentos tan llenos de emocionada expectativa. ¿Bajaría el insecto hasta su nariz o tomaría otro rumbo?

Su ruego debió de ser escuchado, pues el insecto, luego del paseo craneal, comenzó a descender por la frente, con gran alegría del primo Benedicto. Casi sobre la nariz, empezó a titubear, provocando una espantosa angustia en el corazón del sabio, que quería verlo ante sus ojos; por último, se decidió a seguir bajando hasta posarse entre las dos aletas de su apéndice nasal. El lugar de observación ideal.

—¡Gran Dios! —exclamó el primo—. ¡Es la mantícora tuberculosa! —Esta vez su entusiasmo estaba justificado, pues se trata de unos ejemplares rarísimos.

Asustado por el grito, el insecto escapó, y el manotazo del primo Benedicto cayó sobre su propia nariz.

—¡Maldición! —se enojó—. La seguiré.

Conocía muy bien a la mantícora tuberculosa y sabía que, más que volar, caminaba. Poniéndose de rodillas, comenzó a gatear hasta ella para estudiarla a gusto. Salió de la choza siguiendo al insecto y llegó hasta el muro de la factoría.

Cuando el hexápodo llegó a la pared se metió en una guarida de topos, dispuesto a avanzar por el túnel oscuro. El primo Benedicto, ansioso por no perderlo de vista, comprobó que, aunque ajustadamente, él también cabía en el túnel y lo siguió. Era tal su interés por el bicho que quería estudiar, que ni siquiera notó que, corriendo tras él, había salido de los límites de la factoría. Eso no lo preocupaba. Sus ojos estaban clavados en la mantícora, que en ese momento levantó los élitros y desplegó las alas. El primo Benedicto ahuecó las manos, pero el insecto alzó vuelo justo en el instante en que iba a aprisionarlo. Revoloteó un instante sobre su cabeza, como burlándose, y luego se internó en un bosque próximo. Hacia allí fue en su busca el primo Benedicto, y cuando la vio en el suelo creyó que por fin sería suya. Sin embargo, se equivocaba. La mantícora seguía burlándose de él. Comenzó a dar saltos.

El primo Benedicto, cubierto de sangre a causa de los arañazos, saltaba detrás de ella y extendía sus manos hacia cualquier manchita negra, creyendo que volvería a encontrarla. Todos sus esfuerzos fueron inútiles. Sus manos siempre se cerraban sobre el vacío.

—¡Maldita! Se me escapa… ¡Yo que le reservaba un sitio de honor en mi colección! Pero no dejaré que se vaya.

No se daba cuenta de que, por más que sus ojos miopes se esforzaran entre el follaje, jamás podría distinguirla. Estaba tan enfurecido, que ni siquiera se dio cuenta de que, gracias a ese insecto, había escapado de la prisión de Álvez.

Se lanzó, pues, sin saber lo que hacía, a correr a través del bosque. No se preocupaba por saber adónde iría ni si podría volver siquiera. Todo su ser se escapaba en pos de la mantícora fugitiva.

De pronto, al pasar junto a un matorral, un ser enorme se abalanzó sobre él. Lo tomó de una mano y pasó la otra por su espalda. Sin darle tiempo a nada, se lo llevó por la espesura y desapareció con él.

•

capítulo 14

UN MAGO IMPROVISADO

Al no ver reaparecer a su primo, la señora Weldon se sintió presa de la más viva inquietud. Conocía bien a Benedicto y lo sabía completamente incapaz de intentar una fuga que, por otra parte, era imposible en esa factoría. Además, él no habría huido sin llevarse consigo su famosa colección de bichos. Y ésta había quedado en la choza. Sólo atinó a pensar que alguna secreta determinación de sus secuestradores había sido la causante de la desaparición.

Pero más se habría preocupado si hubiera podido ver la furia de Álvez al enterarse del hecho. Buscó y rebuscó por todas partes acompañado de sus criados, hasta que encontró el túnel por el que Benedicto había escapado.

—¡Ese idiota no valía gran cosa! —dijo—. No

obstante, puede causar complicaciones en el negocio.

Inútilmente requisaron todo el bosque. Del primo Benedicto no quedaba una sola huella.

Se cerró el túnel y se estrechó la vigilancia sobre la señora Weldon y su hijo. Por lo demás, la vida continuó con su ritmo anterior.

Entretanto se desarrolló un hecho insólito en aquella región. Pese a haber terminado ya el período de las lluvias, éstas se descargaron más persistentes que nunca. Para la señora Weldon y Jack eso significaba que no podrían pasear como antes por la factoría. En cambio, para los nativos tenía una trascendencia mucho más trágica. Era la pérdida de todas las cosechas sumergidas bajo la inundación. Así fue como se recurrió al poder de los *mganngas* (grandes magos), que poseían facultades, según ellos, para dominar los fenómenos atmosféricos.

No sirvieron de mucho los intentos de los magos locales, y la reina Moira, al ver que las cosas iban de mal en peor, decidió llamar al mgannga de Angola, que era sumamente célebre, para que conjurase el peligro.

El 25 de junio, con gran estrépito de campanillas, el gran mago anunció su llegada a Kazonndé.

Casualmente, el tiempo empezó a mejorar, lo

que motivó que se le hiciera un estupendo recibimiento. Era un hombre robusto, alto y hermoso, y se ganó enseguida la confianza de la gente.

Estaba solo. Su pecho ostentaba extraños dibujos y en su cuello relucía un collar confeccionado con huesos de pájaros.

De su cinturón pendían centenares de campanitas, que él procuraba agitar a cada paso para que sonaran.

Colgaba de su brazo una canasta en cuya base reposaba una calavera llena de amuletos, idolillos y objetos de superstición. Era un instrumento de trabajo. El hombre era mudo, y sólo emitía, para comunicarse, un sonido gutural muy lastimero que aumentaba su sensación de fuerza.

La reina en persona salió a recibirlo.

El mgannga, al verla, la saludó con una profunda inclinación de su cuerpo. Luego se incorporó y, alzando los brazos, se retorció para indicar que esas nubes que se alejaban lentamente hacia el oeste retornarían luego por el este.

A continuación se volvió imprevistamente hacia la reina y, tomándola de la mano, empezó a caminar con ella. Un cortesano se acercó con intenciones de impedirlo, pero de un solo golpe el mago lo envió bastante lejos.

La reina pareció aprobar su actitud y, a una seña del mago, siguió caminando, siempre tomada de su mano. Y tras de ellos, toda la población.

La meta era la factoría de Álvez. Al llegar allí, el mago, de un simple empujón de su hombro, derribó la puerta de entrada. Álvez y los suyos estaban a punto de abalanzarse sobre el intruso, pero al ver a la reina junto a él retrocedieron.

Antes de que nadie alcanzara a preguntar de qué se trataba, el mgannga hizo retroceder a la multitud y reanudó la serie de danzas y pases mágicos. Señalando varias veces el cielo, amenazó a las nubes con gestos feroces.

La reina Moira, profundamente supersticiosa, se entusiasmaba al verlo y trataba de imitar fanáticamente sus gestos y danzas. Todo el pueblo adoptó una actitud semejante y, a los pocos minutos, el lugar se había convertido en un verdadero infierno de gritos.

Pero todo ese despliegue no pareció incomodar al cielo. Ni las nubes se alejaron ni la lluvia cesó. Más aún, la tempestad arreció con redoblada fuerza.

La gente empezó a murmurar y a señalar al mago. La reina Moira frunció el entrecejo y el mago empezó a calcular que todo eso le costaría por lo menos una de sus orejas. Los nativos estrecharon el círculo a su alrededor cuando un hecho fortuito hizo que el ambiente cambiara por completo.

El mago, mucho más alto que todos los que

lo rodeaban, extendió su brazo hacia un rincón de la factoría y todos miraron en esa dirección. Era la señora Weldon, que se había asomado para ver qué ocurría.

Al ver el brazo del mago señalándola coléricamente, todos comprendieron que ella y su hijo eran los causantes de la desgracia que se cernía sobre Kazonndé. Se precipitaron hacia allí, pero la señora Weldon, con su pequeño en brazos, los aguardó inmóvil. El mago los detuvo y se acercó. Álvez, para quien aquellas vidas significaban mucho dinero, no supo qué actitud asumir.

El mago tomó a Jack de los brazos de su madre y lo alzó hacia el cielo sacudiéndolo. La señora lanzó un grito y, de miedo a que lo arrojara al suelo, se desmayó. El mago hizo una señal de inteligencia a la reina y, tomando también a la señora en brazos, se los llevó por entre la multitud que, asombrada, les abría paso.

Álvez pretendió oponerse al pensar que se le arruinaba el negocio. Furioso, se paró ante el mago y la reina ordenó a sus soldados que lo prendieran. El tratante no tuvo más remedio que serenarse, maldiciendo interiormente la credulidad de todos aquellos estúpidos. Ellos pensaban, en efecto, que al alejarse de allí quienes habían traído la lluvia, ésta cesaría.

Mientras tanto, el mgannga seguía llevando

en sus brazos al asustado Jack y a la madre desmayada. La multitud lo seguía de lejos. Rápidamente se fue alejando de Kazonndé y aumentó poco a poco la velocidad hasta que los indígenas desistieron.

Al llegar junto a un río se detuvo. Sacó de entre el follaje una piragua y, embarcando en ella a la madre y al niño, la empujó con el pie mientras decía:

—¡Mi capitán! ¡Aquí traigo a la señora Weldon y a su hijo! En marcha, y que el cielo haga reventar todas sus nubes sobre las cabezas de los tontos de Kazonndé.

capítulo 15

A LA DERIVA

El mago era Hércules, irreconocible bajo aquellas ridículas vestimentas, y a quien hablaba era a Dick Sand. Un débil Dick que debía apoyarse aún en el primo Benedicto. Junto a él estaba Dingo.

La señora Weldon, al recobrar el conocimiento, dijo sin entender:

—¡Gracias a Dios! ¡Eres tú, Dick! —Y lo estrechó entre sus brazos mientras Jack gritaba entusiasmado:

—¡Mi amigo Dick! ¡Mi amigo Dick!... ¿Cómo no reconocí a Hércules? Estabas demasiado feo...

—Hércules la ha salvado a usted, señora, lo mismo que a mí y al primo Benedicto —explicó el antiguo grumete.

—¡Salvados! ¡Salvados! Todavía no lo estamos. Además, fue gracias al señor Benedicto que pudimos encontrarlos —repuso modestamente Hércules.

Porque había sido él quien se había llevado al primo Benedicto el día de la caza de la famosa mantícora.

Mientras la piragua se deslizaba por el río, Hércules les contó todo lo que había hecho desde el día en que escapó, en la boca del hormiguero.

Supieron cómo había seguido a la caravana en que iba la señora Weldon, cómo había encontrado herido a Dingo y lo había curado, cómo había enviado mensajes a Dick y, sobre todo, cómo había tratado por todos los medios de entrar en Kazonndé, sobre todo después de enterarse por el primo Benedicto del lugar en que estaban.

Se rieron mucho cuando les detalló de qué manera había atrapado al mgannga y se vistió con sus ropas.

—¿Y tú, Dick? ¿Cómo lograste salvarte?

—Yo... No sé nada. Estaba atado a un poste en la tumba del rey muerto y pensaba en usted y en Jack... El agua me cubrió y no recuerdo más. Cuando desperté y vi a Hércules inclinado sobre mí...

—¿Usted, Hércules? Nos ha salvado a todos... ¿Cómo lo hizo?

—¿Quién dijo que fui yo? ¿No pudo ser la

corriente que rompió el bote? ¿No pudieron ser el señor Benedicto o Dingo?

El perro empezó a ladrar y Jack, acariciándolo, le preguntó:

—¿Fuiste tú, Dingo?

El animal lo miró y movió la cola en forma negativa.

—¿Entonces fue Hércules?

El perro ladró de nuevo y movió la cabeza de arriba abajo diciendo que sí.

—¡Dice que sí, Hércules! ¡Dice que fuiste tú!

—¡Dingo! —lo reprendió Hércules, enrojeciendo—. ¡Te pedí que guardaras el secreto! Además, cualquiera habría hecho lo mismo.

Al decir cualquiera la señora Weldon preguntó por Tom y sus compañeros. Hércules dijo que los había visto partir como esclavos, pero que no había podido hacer nada para salvarlos. Ni siquiera había podido gritarles un último adiós. Al decir esto, Hércules se cubrió la cara con las manos y empezó a llorar como un niño.

—No llore, Hércules —dijo la señora Weldon—, quizá Dios nos reserve la alegría de volver a verlos.

La señora Weldon contó a Dick lo que había sucedido en la factoría y concluyó, pensativa:

—Tal vez hubiera sido mejor que nos quedáramos allí.

—¡Qué torpe he sido! —exclamó Hércules.

—No, Hércules —repuso Dick—. Esos criminales se las habrían arreglado para terminar con la señora e incluso con el señor Weldon. Saben demasiado como para dejarlos en libertad. Ahora conviene que nos apuremos en llegar a la costa antes de que regrese Negoro.

Hércules tenía una piragua de enormes dimensiones en la que cabían todos y Dick la cubrió de hierbas a fin de que pasara inadvertida, para poder navegar día y noche. Su plan era el mismo del principio. Encontrar la costa siguiendo el curso de un río.

El recorrido iba a ser muy largo y diariamente tenían que procurarse alimentos. La costa se los brindaba cuando la pesca no era suficiente.

La piragua se deslizaba a una velocidad de dos millas por hora, pero esa misma rapidez obligaba a un severo control para evitar choques con árboles o rocas. Sobre todos los peligros, temían que apareciera de improviso una catarata que los dejaría indefensos ante la muerte.

Al comienzo el viaje se realizó sin mayores incidentes. Las costas parecían deshabitadas y los indígenas jamás las recorrían.

Dick dirigía todos los movimientos. Al timón operaba la mano poderosa de Hércules.

Entretanto, la señora Weldon reposaba sobre un improvisado lecho de hojas, el primo Benedicto se lamentaba por la pérdida de su colección, y Jack corría en cuatro patas jugando con Dingo.

Durante ese mismo día la piragua se detuvo de golpe.

—¿Qué sucede? —preguntó Hércules.

—Se trata de un dique natural y debemos romperlo si queremos seguir viaje —contestó Dick.

Sin más comentarios y aprovechando las sombras del anochecer, Hércules, hacha en mano, inició su trabajo de destrucción. Al cabo de dos horas el entrecruzamiento de hierbas, ramas y hojas cedió y la embarcación prosiguió su avance.

Pero el negro no volvió solo a la piragua. Lo acompañaba un bicho, que entregó con su habitual timidez al primo Benedicto. Hércules quería reparar con ese regalo la pena que había causado al sabio al impedir que siguiera a la mantícora.

—¡Hércules! ¡Hércules! ¡Esto es maravilloso! —se entusiasmó el primo Benedicto—. Es un hexápodo africano, único en su clase. ¡Ya lo creo! No entra en ninguno de los diez órdenes reconocidos por los sabios. Si tuviera ocho patas sería una araña, pero sólo tiene seis. ¡El cielo me lo debía! Mi nombre figurará junto al de los más grandes científicos del mundo. Este insecto se llamará *Hexápodos Benedictus*.

Todos lo felicitaron, entusiasmados y felices.

Durante días y días el viaje continuó sin inconvenientes. La piragua avanzaba a toda velocidad. Habían dejado atrás el paredón de altos bosques y se deslizaban ahora por un panorama llano, cubierto de matorrales.

Un día, Jack vio aparecer de pronto un gran espacio de agua a lo lejos y gritó:

—¡El mar! ¡Llegamos al mar!

Dick se entusiasmó. Pero no era el mar sino un río bastante caudaloso, que los llevaría hacia él. Navegaban jubilosamente cuando oyeron un ruido sordo.

—¡Es el mar, por fin! —gritó Hércules.

—No creo —dudó Dick—. Vigilemos bien.

La luz del nuevo día trajo extraños resplandores en el agua. A medida que navegaban se oía un estrépito cada vez más ensordecedor. Era una catarata.

—¡Pronto, Hércules! ¡A la orilla! —gritó el joven capitán.

Con un fuerte movimiento, Hércules lanzó la embarcación hacia la orilla izquierda y la arrimó a la costa, sobre la que se extendían grandes bosques. Dick pensaba con espanto que ahora deberían recorrer a pie aquel territorio del Congo, habitado por caníbales.

Pensar en atravesar las cataratas era suicida. Sólo el cielo podría sacarlos con vida de aquel trance.

A medida que la piragua se había ido aproximando a la orilla, Dingo se mostraba impaciente y como dolorido.

—Parece como si llorara —comentó el pequeño Jack. Dingo saltó al agua, llegó a tierra y desapareció entre la espesura.

El bosque, cerrado, no mostraba ningún sendero. Sin embargo, se veía que recientemente el lugar había sido visitado por personas o animales; así lo indicaban los musgos aplastados.

Dick con su fusil, y Hércules con un hacha, no tardaron en encontrar a Dingo. El animal, con su hocico pegado al suelo, parecía seguir una huella y ladraba constantemente, como guiado por el instinto.

—Por favor, señora Weldon, señor Benedicto, Jack, no se separen de nosotros —pidió Dick.

Mientras tanto Dingo, con su cabeza en alto y dando saltos, les indicaba que lo siguieran.

Así llegaron hasta una choza, ya en ruinas, frente a la cual Dingo lloraba más que ladraba.

Dick entró en la choza, y detrás de él lo hicieron los demás.

Adentro, el suelo se veía sembrado de huesos blanquecinos.

—¡Aquí ha muerto un hombre! —exclamó la señora Weldon.

—Sí, y Dingo conocía a ese hombre —completó Dick—. No sería raro que fuera su dueño. ¡Oh! ¡Miren allí!

Dick señalaba, al fondo de la choza, el tronco de un sicomoro. Sobre él aparecían dos grandes letras rojas, algo borradas ya.

Dingo había puesto sus patas sobre el tronco como queriendo indicarlas.

—¡S.V.! Las letras que Dingo siempre reconocía —exclamó Dick—. ¡Las iniciales de su collar!

Y mientras decía esto se agachó para recoger del suelo una cajita de cobre. La abrió y sacó de su interior un papel, en el que leyó:

> Asesinado... Robado por mi guía Negoro... 3 de diciembre de 1871... Aquí... 180 kilómetros de la costa... ¡Dingo! ... ¡Conmigo!
>
>   S. Vernon

Aquella nota lo revelaba todo. Samuel Vernon, que había salido a explorar el centro del África, tenía como guía a Negoro. Al llegar a esa choza, el ambicioso sujeto lo había asesinado, dejándolo abandonado tras de robarle todo. Consumado el crimen, huyó y luego cayó en manos de los portugueses.

Logró evadirse de la cárcel y en Nueva Zelanda se embarcó en el *Pilgrim*. El agonizante Vernon, antes de morir, había tenido tiempo de testimoniar el horrendo crimen y con sus dedos ensangrentados pudo escribir sus iniciales en el tronco del sicomoro. Dingo debió permanecer días enteros contemplando aquellas dos letras, que se fijaron tenazmente en sus ojos. En la costa fue recogido por el capitán del *Waldeck* y de allí pasó al *Pilgrim*.

Dick y Hércules se disponían a dar sepultura a aquellos huesos, cuando el perro, lanzando un aullido de rabia, salió corriendo de la choza. Casi al instante se oyeron unos espantosos gritos en las proximidades.

Indudablemente un hombre luchaba con el animal.

Hércules, seguido por los demás, corrió hacia el sitio de donde provenían los gritos, y todos lo vieron arrojarse sobre un hombre que rodaba por el suelo.

Era Negoro.

El miserable, antes de embarcarse para América, había querido regresar al lugar del asesinato para recoger su botín. En efecto, en un agujero recientemente abierto al pie de un árbol, brillaban varias pilas de oro francés que el asesino había ocultado allí, después del crimen, con intención de pasar luego a recogerlas.

Sorprendido allí por Dingo, apenas tuvo tiempo de herir al animal con su puñal cuando aquél lo derribaba.

Hércules se arrojó sobre él gritando:

—¡Asesino! ¡Al fin te voy a estrangular!

Pero ya no tenía necesidad de hacerlo. Negoro, castigado por la justicia divina, yacía muerto. También Dingo, herido mortalmente, se arrastró hasta la choza y fue a morir junto a su amo. Amo y perro, juntos, fueron enterrados y llorados por todos.

Negoro había muerto, pero los indígenas que lo acompañaban no debían estar lejos y, al ver que no regresaba, sin duda lo buscarían.

El peligro era inminente y, por lo que acababan de descubrir, aquel río era el Congo y estaban a ciento ochenta kilómetros de su término. Las cascadas impedían seguir navegando por él; se imponía, pues, avanzar por la costa. Pero ¿por cuál de ellas? ¿La derecha o la izquierda?

—Las dos son de cuidado —opinó Dick—; sin embargo, creo que ésta nos resulta la más peligrosa por los acompañantes de Negoro. Hay que cruzar el río, pero antes veré si podemos descender hasta más allá de la cascada.

Era lo más prudente. Hércules cuidaría del resto y él intentaría el cruce.

—Dick, ¿no correrás peligro? Quizá sea mejor que no nos separemos —sugirió la señora Weldon, como si tuviera un mal presentimiento.

—¡No! Debo ir solo para seguridad de todos ustedes. Investigaré la otra orilla y en menos de una hora estaré de regreso.

Subió a la piragua y se dirigió al otro costado del río.

Al cuarto de hora de partir, Dick estaba ya casi sobre la ribera opuesta y se preparaba para saltar a tierra.

En ese momento los gritos de una docena de indígenas que se precipitaban sobre él estremecieron al joven.

Eran los habitantes de una aldea que antes habían atravesado creyendo no ser vistos. Los habían descubierto y seguido por la margen derecha del río, seguros de que su presa no podría escapárseles pues la cascada los obligaría a detenerse. El joven se vio perdido y decidió sacrificar su vida para salvar a sus amigos. De pie en la proa, apuntando con el fusil, mantenía a raya a los indígenas.

Éstos habían arrancado ya toda la hierba que

cubría la piragua y con furiosos gritos expresaban su desilusión. Creían encontrar más comida en ella y sólo podían contar con la carne de un jovencito de quince años.

Pero uno de ellos distinguió al resto en la otra orilla y lo señaló con el brazo a sus compañeros. Allí estaban la señora Weldon y los demás.

Los caníbales, enardecidos, pusieron en marcha la piragua decididos a alcanzarlos. En forma oblicua, la embarcación cruzaba el río y estaba ya a menos de cien pasos de la orilla.

—¡Huyan ustedes! —gritó Dick a sus amigos—. ¡Huyan, por favor!

Pero ni la señora Weldon ni sus amigos se movieron. Parecían pegados al suelo. Por lo demás, ¿para qué huir? Aquellos caníbales los habrían alcanzado al instante.

Dick comprendió todo. Pidió al cielo una inspiración y ésta le llegó. Había una posibilidad de salvar a los suyos sacrificándose él y no dudó un instante.

"Que Dios los proteja —se dijo— y se apiade de mí."

Y al decir esto disparó su fusil sobre el timón de la piragua, que saltó hecho pedazos.

Los caníbales lanzaron un grito espantoso.

Carente de timón, la embarcación sólo podía seguir ya la corriente del río, que en pocos instantes la precipitaría en la cascada.

Desde la orilla, la señora Weldon y los demás, que habían comprendido el gesto heroico del joven, lloraban y rezaban arrodillados mientras Hércules tendía sus brazos hacia la piragua con desesperada impotencia.

Los indígenas, buscando salvarse a nado, se arrojaron de la piragua y ésta zozobró.

Dick mantenía su sangre fría pese a la muerte casi segura que lo aguardaba. Pensó que aquella piragua, precisamente porque iba con su quilla al aire, podría ser su salvación.

Instintivamente se aferró al banco que unía los bordes de la embarcación y, con la cabeza fuera del agua bajo la piragua dada vuelta, sintió que era arrastrado y precipitado casi en forma perpendicular.

La piragua se hundió hasta el fondo de la catarata y desde allí retornó a la superficie del río. Dick sólo debía confiar ahora en sus fuertes brazos de nadador.

Un cuarto de hora más tarde, sobre la orilla izquierda, se reencontraba con todos sus amigos, a quienes Hércules había conducido hasta allí.

Los caníbales habían perecido en el furor de la catarata y sus cuerpos se desgarraban por doquier al chocar con las rocas.

Dos días más tarde —el 20 de julio— encontraron una caravana que marchaba hacia Emboma, en la desembocadura del Congo. Se trataba de honrados comerciantes portugueses, que recibieron con afecto a los fugitivos e hicieron que la parte final del trayecto resultara lo más soportable posible.

El 11 de agosto la señora Weldon, Dick Sand, Jack, Hércules y el primo Benedicto llegaron por fin a Emboma, donde fueron recibidos cordialmente.

Desde allí, un barco los llevó hasta el istmo de Panamá, donde la señora Weldon se apresuró a enviar un telegrama a su desesperado marido en San Francisco, anunciándole su regreso.

Finalmente, el 25 de agosto, los náufragos del *Pilgrim* llegaban a la capital de California.

Sólo faltaban el viejo Tom y sus compañeros.

Dick se convirtió en hijo y Hércules en amigo íntimo de la familia Weldon, ya que James W. Weldon era consciente de todo lo que debía a ambos.

En cuanto al primo Benedicto, apenas llegó se encerró a estudiar "su" *Hexápodos Benedictus.*

En su despacho halló un par de anteojos y una lupa, y con ellas se volcó sobre el insecto. Mas, ¡oh, sorpresa!, el *Hexápodos Benedictus* no era sino una araña vulgar y silvestre, y si tenía seis patas en lugar de ocho era porque Hércules, al apretarla entre sus dedos, le había quebrado las dos que faltaban.

Tres años más tarde, Jack contaba ya ocho años de edad y Dick le hacía de profesor. Él mismo se dedicó a estudiar todo lo que ignoraba sobre el mar y la navegación.

No podía olvidar que, si hubiera sabido más cuando estaba en el *Pilgrim,* muchas cosas se habrían podido arreglar mejor.

A los dieciocho años había finalizado sus estudios y ya estaba al frente de la casa James W. Weldon.

Sin embargo, algo lo obsesionaba constantemente.

Pensaba en el viejo Tom, en Bat, en Austin y en Acteón y se sentía responsable de su desdichada suerte.

La misma tristeza invadía a la señora Weldon cada vez que recordaba a esos compañeros suyos de infortunio que tanto habían hecho por ella.

Por eso James W. Weldon, Dick Sand y Hércules removieron cielo y tierra para hallar a los desaparecidos.

Gracias a las agencias que el señor Weldon tenía en todo el mundo consiguieron ubicarlos. Tom y sus compañeros estaban, como esclavos, en Madagascar. Dick quería entregar todos sus ahorros para rescatarlos, pero el señor Weldon no se lo permitió y él se encargó del trámite, por medio de un agente suyo.

Y así, un día —el 15 de noviembre de 1877— cuatro negros llamaron a su puerta.

Eran Tom y sus amigos, quienes después de haber escapado a tantos peligros, casi mueren asfixiados por los abrazos dichosos de sus amigos.

De los náufragos del *Pilgrim* sólo faltaban la pobre Nam y Dingo, pero ellos ya no podían retornar a la vida. Y era un verdadero milagro que sólo dos hubieran perecido después de tales aventuras.

Ese día hubo una gran fiesta en casa del comerciante de California, y el mejor brindis, acompañado por todos con aclamaciones, fue el que la señora Weldon dedicó a Dick Sand, "el capitán de quince años".

ÍNDICE

JULES VERNE

Jules Verne nació en Nantes, Francia, en 1828 en el seno de una familia acomodada. Su padre, Pierre Verne, era procurador judicial; mientras que su madre, Sophie Allotte, procedía de una familia de navegantes y armadores. Cuando sólo contaba once años, el pequeño Jules se enroló como grumete en un barco correo con destino a la India, a fin de traer un collar de corales para su temprano amor, su prima Carolina. Sin embargo, la intrépida aventura fue abortada por su padre, y entonces prometería: "No viajaré nunca, salvo en sueños". Y así lo hizo con *Un capitán de quince años* (1878), la historia del grumete que se convirtió en capitán. Pero su afición por la literatura de aventura lo llevaría años más tarde a convertirse en un viajero infatigable.

Cursó estudios de derecho en París, y en sus inicios literarios escribió, sin éxito, obras de teatro y libretos de ópera cómica. La figura de Alexandre Dumas (padre) fue definitiva en su producción teatral, y gracias a él conseguiría ver representada su comedia *Les pailles rompues*.

En 1852, Verne publicó su primera nouvelle, *Martín Paz*, un relato histórico con una intriga sentimental. A los veinticuatro años, el joven escritor ya contaba con una apertura histórico-geográfica que lo convertiría en uno de los visionarios de su época.

En 1857 contrajo matrimonio con una viuda, madre de dos niñas, y cuatro años más tarde nacería su único hijo, Michel. En esa época emprendería los grandes viajes a Inglaterra, Escocia y países escandinavos. Pero su verdadera carrera se iniciaría en 1862, fecha en que se publicó su primera novela *Cinco semanas en globo*, con gran éxito y repercusión internacional. Le seguirían *Viaje al centro de la Tierra* (1864) y *De la Tierra a la Luna* (1865).

Las novelas de Verne, capaz de imaginar con un siglo de anticipación algunas de las conquistas más relevantes de la ciencia, atrapaban tanto al público adolescente de aquella época como al adulto apasionado por el "juego" científico del autor. Sin embargo, no era un inventor sino un hombre sensible y atento a la riqueza de los descubrimientos científicos, que extrapolaba y prolongaba en sus novelas. De esta manera, su ficción se anticipó al primer satélite artificial, al submarino, al telefax, al tren de alta velocidad, a la música electrónica... No en vano es considerado, junto a H. G. Wells, como el precursor del género de ciencia ficción, pero ante todo no competía con la ciencia sino que la incorporaba a su poesía.

En 1866, tras sus primeros éxitos, compra un barco que se convierte en su estudio de trabajo flotante, y es donde se refugia para escribir y navegar.

Una larga sucesión de títulos alimenta la obra de Verne: *Los hijos del capitán Grant* (1867), *Veinte mil leguas de viaje submarino* (1869), *La vuelta al mundo en ochenta días* (1873), *La isla misteriosa* (1874) y *Miguel Strogoff* (1876) entre otros.

Su vida alternaría entre viajes y libros, siempre cordial, generoso y algo irónico. Hasta 1886, año en que abandonó sus andanzas y se dedicó a desempeñar un cargo en la Municipalidad. Sin embargo, no dejó nunca de escribir hasta que sobrevino su muerte en 1905 en Amiens, Francia.

NUEVA BIBLIOTECA BILLIKEN

Las grandes obras de la literatura universal

LAS MIL Y UNA NOCHES

Las primeras referencias a **Las mil y una noches,** con sus historias pobladas de genios, encantamientos y picaresca, se remontan al siglo X en Asia.

Dice la leyenda que un sultán persa, muy aficionado a las narraciones, víctima del engaño de su esposa infiel, la mandó decapitar. El monarca resentido reservaba la misma suerte a todas las doncellas con las que se casaba. Sin embargo, la hermosa Sherazade, hija del visir, consiguió eludir el terrible castigo gracias a sus cuentos mágicos que nunca parecían tener fin.

"Alí Babá y los cuarenta ladrones", "Las babuchas irrompibles" y "Un califa singular" son algunos de los famosos relatos que integran esta selección especialmente pensada para los jóvenes lectores.

N° 9   Código 01409

NUEVA BIBLIOTECA BILLIKEN

Las grandes obras de la literatura universal

VEINTE MIL LEGUAS
DE VIAJE SUBMARINO

En 1866, en distintos puntos del globo, varios barcos han avistado e incluso colisionado con un extraño monstruo, de grandes proporciones e increíble fortaleza. Ante el desconcierto mundial, la fragata *Abraham Lincoln* parte en busca del fantástico animal.

La expedición cuenta con la inestimable presencia del profesor Aronnax, investigador y científico de renombre internacional, y su fiel sirviente Consejo; y también con la destreza del rey de los arponeros, el tosco Ned Land. Cuando por fin la fragata se enfrenta con su objetivo, caen tres hombres al mar. El profesor, Consejo y Land se introducen así en las entrañas del monstruo de acero, y se ven obligados a aceptar la hospitalidad del enigmático capitán Nemo.

A bordo del submarino *Nautilus* descubren un abismo insospechado, de increíble belleza, donde acecha el peligro.

Jules Verne, una vez más anticipa el futuro, en una época en que el submarino era el sueño de un visionario.

Nº 15   Código 01415